BEST BOOKS
倍斯特出版事業有限公司
Best Publishing Ltd.

U0077404

94狂

魯蛇的偽英語課本

陳怡歆◎著

「能力魯」伴隨「財富魯」、「事業魯」
魯到只領22K僅能養活自己、買不起房子

「相貌魯」連帶「愛情魯」、「姻緣魯」
Bitch室友狂酸找不到伴、連帥男都在微整形

結合圖解與社會現象，秒懂英語短句、高速記憶道地對話

意外發現，許多社會現象只能用「94狂」來形容
且附帶著「魯」的加乘效果存在
醜小鴨會變天鵝是因為父母本身其實是天菜
身處大家都用「薪」看世界的Z世代… 就這樣，我們淪為「魯蛇」…

作者序
PREFACE

　　我是出生在平凡人家的一個平凡人，跟溫拿完全扯不上邊，但離魯蛇似乎也有點距離。學生時代時，總納悶為何新聞媒體三不五時便會提到「小確幸」一詞；自己出社會後，才了解那是對現實的苦悶與無奈的一種解嘲說法。的確，不是溫拿的我，只要能偶爾在假日上上咖啡館、看看電影就很滿足了，根本不會考慮到買車、買房這種外太空一般的事。

　　雖然我在書中探討了許多魯蛇及溫拿的對比，但我心目中的溫拿，卻並非所謂的「三高男」、「高富帥」之類。世上有錢人何其多，但真正為他人著想的人卻越來越少。比起用各種高價飾品包裝自己的富二代，我更欣賞默默賣著紅豆餅，卻樂捐幾十萬的小生意人。「無名英雄」一詞顯得沉重，不如就叫他們「無名溫拿」吧！

怡歆

編者序
EDITOR

　　在課堂中，我們常學到許多教科書式的英語，除了實用性的問題外，但也讓許多對英語學習原本就提不起興趣的讀者更加不想去碰英語，高一購買的古文觀止或狄克森片語常被丟在抽屜中連動都不動，上英文課就是看別的科目的時間，有同學甚至於學期結束後書本全無凹痕，只要稍加擦拭跟全新的一樣。也因如此，編輯部將時下話題（即「魯蛇」以及相關延伸的話題）與英語學習作結合，規劃了初階的英語學習書，讓學習者因書中話題而更有學習意願。

　　《94 狂魯蛇的「偽」英語課本》介紹了許多時下年輕人所關心、自己本身也碰過且不斷發燒的話題。書中以圖文呈現的方式將「魯蛇」跟「溫拿」的情況描繪出，讀者能先以生活化的題材做短句的練習。在熟悉這些短句後，在每個單元第二小節聽、讀短對話，藉由這些道地的短句，演練平常生活、工作中閒聊或在臉書等平台上看到的話題。難度適宜於國中以上程度的英語學習者自學、親子一起在周末利用 30 分鐘討論書中某個話題以及社會人士自修。

編輯部 敬上

目次
CONTENTS

魯蛇初階篇

魯蛇進階篇

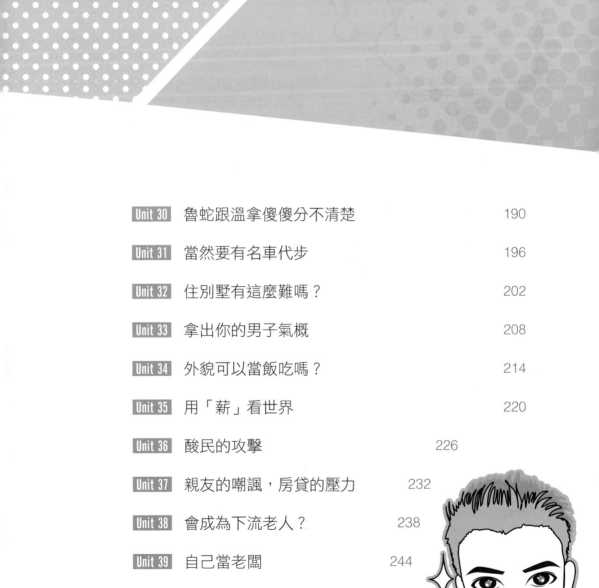

使用說明
INSTRUCTIONS

Unit

01

只是買個房子而已

單元概述

　　買房，聽來就是個沉重的負擔，但是『溫拿』跟你想的不一樣。房子不僅是一個住處，更是一項投資。手頭寬裕的人，身邊隨時有數百萬周轉金是相當正常的事。來聽聽溫拿和魯蛇對買房不同的看法吧！

魯蛇英語包含了生活中許多面向，從中收錄的許多話題，相信你我都不陌生。每個單元開頭皆有**單元概述**，從單元概述中簡要地了解此篇章討論的話題，然後在開始看「**魯蛇**」跟「**溫拿**」都怎麼看待這個議題從中學習英語短句。

「**魯蛇與溫拿大不同**」則藉由魯蛇跟溫拿對每個議題看法的差異，讓讀者除了能有反思外，也能加深自己對該英文句子的記憶喔！

「**魯蛇**」看起來的樣貌，這部分可以自己體會 XDD！

「**魯蛇**」對這個議題提出的看法！快將這句學起來吧！

「**還能怎麼說**」有另兩種換句話說的講法，快偷學起來吧！

「**魯蛇如是說**」提供了「**魯蛇**」的看法！

18-1 『魯蛇』與『溫拿』大不同

魯蛇初階篇

魯蛇進階篇

Loser

魯蛇

I hate those who talk about their business travel all the time.

那些開口閉口就是海外出差的人，聽了就討厭。

還能怎麼說

* **What is it with** being a foreign salesman? Aren't they still human? Don't they need to eat and sleep?

國外業務又怎麼樣？還不是跟普通人一樣要吃飯睡覺。

* I'm not **jealous about** having Mercedes-Benz or BMW.

我並不羨慕開雙 B 跑車。

魯蛇如是說

事業做很大不代表人生一帆風順。

119

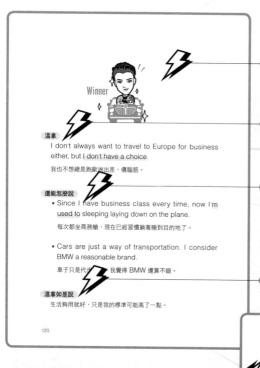

Winner

溫拿

I don't always want to travel to Europe for business either, but I don't have a choice.

我也不想總是跑歐洲出差，傷腦筋。

還能怎麼說

• Since I have business class every time, now I'm used to sleeping laying down on the plane.

每次都坐商務艙，現在已經習慣躺著睡到目的地了。

• Cars are just a way of transportation. I consider BMW a reasonable brand.

車子只是代步，我覺得 BMW 還算不錯。

溫拿如是說

生活夠用就好，只是我的標準可能高了一點。

120

「**溫拿**」看起來的樣貌，十足像個成功人士吧！

「**溫拿**」對這個議題提出的看法！快將這句學起來吧！

「**還能怎麼說**」有另兩種換句話說的講法，快偷偷學起來吧！

「**溫拿如是說**」提供了「**溫拿**」的看法！

「**好用句型**」精選了短句中用到的句型，快把這些生活中常見的句型學起來吧！

「**補充慣用語**」擴充你的英語慣用語庫，在遊學、留學、旅遊時，口說都免驚！

Unit 18 誰發明溫拿這個名詞的

好 用句型

• what is it... …又如何

• be jealous about 嫉妒

補 充慣用語

• all the time 總是

• still human / only human 跟平常人一樣

• I don't have a choice. 別無選擇

• be used to doing 習慣於…

魯蛇初階篇

魯蛇進階篇

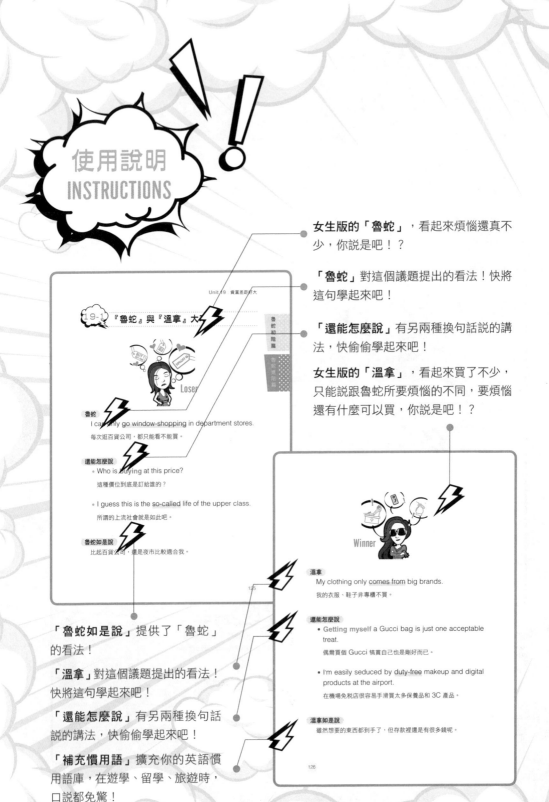

使用說明
INSTRUCTIONS

女生版的「魯蛇」，看起來煩惱還真不少，你説是吧！？

「魯蛇」對這個議題提出的看法！快將這句學起來吧！

「還能怎麼説」有另兩種換句話説的講法，快偷偷學起來吧！

女生版的「溫拿」，看起來買了不少，只能説跟魯蛇所要煩惱的不同，要煩惱還有什麼可以買，你説是吧！？

Unit 19 貧富差距好大

19-1 『魯蛇』與『溫拿』大

Loser

魯蛇
I can only go window-shopping in department stores.
每次逛百貨公司，都只能看不能買。

還能怎麼説
• Who is buying at this price?
這種價位到底是訂給誰的？

• I guess this is the so-called life of the upper class.
所謂的上流社會就是如此吧。

魯蛇如是説
比起百貨公司，還是夜市比較適合我。

Winner

溫拿
My clothing only comes from big brands.
我的衣服、鞋子非專櫃不買。

還能怎麼説
• Getting myself a Gucci bag is just one acceptable treat.
偶爾買個 Gucci 犒賞自己也是剛好而已。

• I'm easily seduced by duty-free makeup and digital products at the airport.
在機場免税店很容易手滑買太多保養品和 3C 產品。

溫拿如是説
雖然想要的東西都到手了，但存款裡還是有很多錢呢。

「魯蛇如是説」提供了「魯蛇」的看法！

「溫拿」對這個議題提出的看法！快將這句學起來吧！

「還能怎麼説」有另兩種換句話説的講法，快偷偷學起來吧！

「補充慣用語」擴充你的英語慣用語庫，在遊學、留學、旅遊時，口説都免驚！

Dave ▶ **D** Jeff ▶ **J** 🎧 MP3 18

D ▶ There you go, Godiva chocolate that I bought in **duty-free** stores.

戴夫 ▶ 給你，我在免稅店買的 Godiva 巧克力。

J ▶ Thanks. Wait, you went abroad again?

傑夫 ▶ 謝了。等等，你又出國了？

D ▶ As a **sales representative**, yes, to Switzerland.

戴夫 ▶ 這次我作為業務代表去了瑞士。

J ▶ I bet the company gave you a Mercedes-Benz?

傑夫 ▶ 想必公司給你賓士代步吧？

D ▶ Better, I got an Audi.

戴夫 ▶ 更好，我拿到奧迪。

J ▶ Lucky **bastard**. I still have my Toyota.

傑夫 ▶ 幸運的傢伙，我還在開豐田汽車。

D ▶ This is just one of the **benefits** my company gave me. I had

戴夫 ▶ 這只是公司給我的眾多福利之一

每個單元**第二小節**均有「**簡短對話**」，透過溫拿跟魯蛇的聊天、對話內容的描述，除了可加深印象外，許多實用短句均可用於平常工作時跟同事閒聊、下班後回應朋友的臉書 po 文、跟同學抱怨時的對話用語，邊聽邊熟悉這些道地用語，跟著 CD 覆誦效果更佳！

每個單元「**簡短對話**」中出現的單字！能累積高中程度所需的英文字彙。

每個單元均有「**句型延伸**」，與三五好友一同練習句型效果更佳！

---

business class on Lufthansa Airline.

罷了，這次我坐漢莎航空的商務艙去的。

魯蛇初階篇

 彙補充包

字彙	詞性	音標	中譯
duty-free	adj.	[ˈdjutɪˈfri]	免稅的
sales	n.	[selz]	業務
representative	n.	[rɛprɪˈzɛntətɪv]	代表人
bastard	n.	[ˈbæstəd]	混蛋
benefit	n.	[ˈbɛnəfɪt]	福利
airline	n.	[ˈɛr͵laɪn]	航空公司

 型延伸

句型一 there you go 拿去吧；看吧

句型二 go abroad 出國

魯蛇初階篇

篇章概述

　　相信大家對「魯蛇」這個字並不陌生，魯蛇取自英文 loser，魯蛇對許多社會現象的嘲諷也象徵著這個世代所面臨的種種問題，例如薪水 22k、交不到女友、嘲諷自己是魯蛇等等的處境。當然這也是個警惕，人生要面臨許多課題，稍有不慎也可能淪為魯蛇。魯蛇初階篇探討了買房、養育小孩等各種課題，藉由「魯蛇」跟「溫拿」的人生對照，將我們生活中常遇到的問題列出來，由貼近生活的情境練練英文短句。所以還等什麼，一起開始吧！

Unit

01

只是買個房子而已

單元概述

　　買房，聽來就是個沉重的負擔，但是『溫拿』跟你想的不一樣。房子不僅是一個住處，更是一項投資。手頭寬裕的人，身邊隨時有數百萬周轉金是相當正常的事。來聽聽溫拿和魯蛇對買房不同的看法吧！

1-1 『魯蛇』與『溫拿』大不同

魯蛇

Buying a house at this age, don't you think it's **way too early**?

這個年紀就買房,不覺得太早了嗎?

還能怎麼說

- I don't want to settle down yet, and a house is something you can't **run away from**.

  我還不想定下來,但是一間房子會使我套牢。

- This is too hard a choice to make for me right now.

  現在做這個決定對我來說太難了。

魯蛇如是說

買房子要考慮的事太多了,我還不想給自己找這個大麻煩。

魯蛇初階篇

魯蛇進階篇

15

It's just a house! I'm planning on buying one every birthday.

只是房子罷了，我還打算每年生日買一間呢。

還能怎麼說

- Buying a house isn't a big deal.

  買房不是什麼大不了的事。

- You have to buy one sooner or later, so why stop yourself from doing it?

  早晚都要買，何不早點出手？

溫拿如是說

房屋是不動產，看準就要買，以後鐵定有增值的機會。

用句型

- **way too early** 言之過早
- **run away from** 逃離…

 充慣用語

- **settle down** 定居、生活穩定下來
- **big deal** 大事
- **sooner or later** 早晚都要…
- **stop sb. from doing sth.** 阻止某人做某事

Mike ▶ M   Jeff ▶ J MP3 01

M ▶ I just bought a three-**story villa** in Xinyi **District**.

麥克 ▶ 我剛在台北信義區買了一間三層別墅。

J ▶ Holy Moly, that must have cost you a fortune.

傑夫 ▶ 天哪，你絕對花了不少錢。

M ▶ Not really. It's a villa, how expensive could it be?

麥克 ▶ 不會呀，只是間別墅，能貴到哪裡去？

J ▶ It might just be **costlier** than the money I can make in my whole life.

傑夫 ▶ 大概比我此生能賺的錢還貴吧。

M ▶ Stop **exaggerating**! You're making me **laugh**.

麥克 ▶ 別誇大了！你會害我笑出來。

J ▶ You're pissing me off.

傑夫 ▶ 你真是教人生氣。

彙補充包

字彙	詞性	音標	中譯
story	*n.*	[`storɪ]	樓層
district	*n.*	[`dɪstrɪkt]	地區；區域
exaggerate	*v.*	[ɪg`zædʒəˌret]	誇大
villa	*n.*	[`vɪlə]	別墅
costly	*adj.*	[`kɔstlɪ]	昂貴的
laugh	*v.*	[læf]	大笑

 型延伸

句型一 cause sb. a fortune 讓某人花一大筆錢

句型二 piss sb. off 惹某人生氣

買個房子真難

單元概述

　　對月領 22k 的小資族來說，腳踏實地的存錢買房，幾乎是不吃不喝、勤儉度日十幾年後才能做的夢想。除了買房的頭期款外，還要背著沉重的房貸過一生。也難怪對現代年輕人來說，買房越來越是不切實際的想法了。

『魯蛇』與『溫拿』大不同

Loser

魯蛇

It's **not just about** the money, **it's about** my whole life.

這不只是錢的問題，更是一生的大事。

還能怎麼說

- Taking out a mortgage is a life-long matter.

    房貸是一生之久的事。

- I **can't afford to** fail, so I have to think through it.

    我承受不起失敗，所以要審慎考慮。

魯蛇如是說

比起買房，把握生活中的「小確幸」比較實際。

Winner

If you have a stable job, you don't have to worry about the mortgage.

如果你工作穩定的話，就不用擔心房貸的問題。

還能怎麼說

• You should try to have stable income, that way you'll have yourself a house earlier.

你應該試著讓自己有穩定的收入，這樣就能早點買房子。

• Swaying between jobs is what causes you to think that way.

因為你總是在換工作，所以才會那樣想。

溫拿如是說

有規劃的使用金錢很重要，懂得投資才是贏家。

用句型

- **It's not about...it's about...** 不是在於…而在於…

- **sb. can't afford to...** 某人承受／負擔不起…

 充慣用語

- **swaying between jobs** 常常換工作

- **take the chance** 冒險試試看

- **back out** 退縮；落跑

- **think through** 認真考慮

 **簡短對話**

M ▶ I don't see why you can't pay for a house. If you **save up** all your **earnings**, you should have something for the past **few** years.

麥克 ▶ 我真不明白為什麼你買不起房子，如果你把賺的錢都存起來，在過去幾年間，應該已經有些積蓄了才對。

J ▶ Here is the thing: how can I save up everything? Need I not pay for the **rent**, buy the food, and my **suits** and shoes?

傑夫 ▶ 但是，我怎麼可能把賺的錢全部存起來？難道我不用付房租、買菜、買衣服嗎？

M ▶ This is what I'm talking about; **unnecessary** goods will eat up your savings little by little. At the end, you will have nothing.

麥克 ▶ 這就是你的問題；非必要開銷會慢慢消耗掉你的積蓄，最後會一無所有。

彙補充包

字彙	詞性	音標	中譯
save up			存留、積存
earnings	*n.*	[ˋɝnɪŋz]	收入
few	*adj.*	[fju]	（可數）很少
rent	*n.*	[rɛnt]	租金
suit	*n..*	[sut]	西裝、好衣服
unnecessary	*adj.*	[ʌnˋnɛsəˏsɛrɪ]	不必要的

 型延伸

句型一 here is the thing 事實上…；事情是這樣的

句型二 this is what I am talking about 這樣才像話；就是這樣

Unit

03

薪水好心酸

單元概述

　　以最普遍的服務業來說，台灣的起薪以 22~24k 不等，有些公司還會另外扣除勞健保、勞退的費用。若非住在都市，要養活自己並非難事，但若再加上房租、治裝費、甚至小孩的學費等，可就非常困難了。

3-1 『魯蛇』與『溫拿』大不同

魯蛇初階篇

魯蛇進階篇

Loser

魯蛇

How can I have any saving if I only get 22,000 per month?

我月入僅 22k，怎麼可能存得了錢？

還能怎麼說

- I don't want to have a zero balance account, either.

  我也不想帳戶裡零存款。

- It's not that I spend too much. It's just that I don't get enough pay.

  不是我太會花錢，是因為我的薪水不夠高。

魯蛇如是說

難道沒有高學歷，就只能被雇主剝削嗎？

Winner

溫拿

How can you **live on** 22k? It's not even enough for my insurance.

月入 22k 怎麼過活？連付我的保險都不夠。

還能怎麼說

- Don't **be satisfied with** poor income.

  不要滿足於現有的微薄薪水。

- If you complain about the pay, why don't you work smarter and try to invest?

  如果你不滿意於自己的薪水，何不聰明理財並進行投資呢？

溫拿如是說

就算沒有高學歷，也要懂得做事的方法。

用句型

- **live on** 依靠…過活

- **be satisfied with** 滿足於…

 充慣用語

- **balance account** 帳戶

- **work smart** 有計畫性的工作

- **complain about** 抱怨…

- **not enough pay** 薪水不夠

 **簡短對話**

J ▶ I **doubt** if the **employers ever think in our shoes.**

傑夫 ▶ 我對於老闆是否曾替員工著想感到存疑。

M ▶ Why would you say that?

麥克 ▶ 你為什麼會這樣想？

J ▶ Because if they do, I won't get this pay for all the hard work!

傑夫 ▶ 如果他們會為我們著想，我就不會做牛做馬，卻只得到這樣的薪水了。

M ▶ **Concerning** the **type** of job that you're doing, I think it's **reasonable** pay.

麥克 ▶ 看看你的工作性質，我認為這樣的薪資很合理。

J ▶ You sound just like my boss.

傑夫 ▶ 你聽起來跟我的老闆一模一樣。

彙補充包

字彙	詞性	音標	中譯
doubt	v.	[daʊt]	懷疑
employer	n.	[ɪmˋplɔɪɚ]	雇主
ever	adv.	[ˋɛvɚ]	曾經
concerning...	n.		考慮到…
type	adj.	[taɪp]	類型
reasonable	adv.	[ˋriznəb!]	合理的

 型延伸

句型一 think in sb's shoes 為某人設身處地著想

句型二 sound like 聽起來像…

Unit

04

好薪情

單元概述

　　相較於出賣勞力的服務業，客戶取向的的房仲、保險業薪水高出許多。若是業績好、口才佳，懂得推銷自己，月入十萬或以上並非難事。對這些「溫拿」來說，事業不僅是餬口的工作，更是一展抱負的所在。

4-1 『魯蛇』與『溫拿』大不同

魯蛇

Sitting in the office and **making some calls** can get you 100 grand? I don't get it.

坐在辦公室打打電話就能月入十萬？我真搞不懂。

還能怎麼說

- How could you earn so much by doing this **easy-peasy** job?

  為什麼你工作這麼輕鬆，卻能收入豐厚？

- It's not even close to be fair that you get so much money.

  你賺這麼多錢，真是太不公平了。

魯蛇如是說

明明出賣勞力的人才對社會有實質的貢獻，我們卻是低薪一族。

Winner

I make good use of my brain, not pure labor.

我是用腦袋賺錢，而不是做苦工。

還能怎麼說

- Make strategies before starting a career.

  選擇職業前，要經過深思熟慮。

- Rule over the money, not let it rule over you.

  要利用金錢，而不是讓金錢利用你。

溫拿如是說

死讀書的人不一定有好成績，埋頭苦幹的人也不一定會賺大錢。一切都要經過計算。

用句型

- **make calls** 打電話

- **easy-peasy** 形容某事很容易

 充慣用語

- **I don't get it.** 我不懂

- **It's not even close** 跟…完全扯不上邊

- **make good use of...** 好好利用

- **rule over...** 支配；掌管

魯蛇初階篇

魯蛇進階篇

 **簡短對話**

M ▶ You know, this month I am the top one in my **company** again.

麥克 ▶ 這個月我又是公司業績冠軍。

J ▶ That sounds pretty **awesome**.

傑夫 ▶ 聽起來很棒。

M ▶ **Absolutely**. I gained another 50k for the **performance bonus**.

麥克 ▶ 那還用說。我另外得到五萬元業績獎金呢。

J ▶ You can't be serious.

傑夫 ▶ 你在開玩笑吧。

M ▶ Why not? It's in my blood. I'm born for this job.

麥克 ▶ 當然不是。這可是我的天職，我天生就是來吃這行飯的。

J ▶ Your bonus is even more than my salary. This world is totally **insane**.

傑夫 ▶ 你的獎金比我的薪水還多。這世界真是瘋了。

彙補充包

字彙	詞性	音標	中譯
company	n.	[`kʌmpənɪ]	公司
awesome	adj.	[`ɔsəm]	很棒的
absolutely	adv.	[`æbsə͵lutlɪ]	絕對、當然
performance	n.	[pɚ`fɔrməns]	表演、演出
bonus	n.	[`bonəs]	紅利、獎金
insane	adj.	[ɪn`sen]	瘋狂的

魯蛇初階篇

魯蛇進階篇

 型延伸

句型一 You can't be serious. 你在開玩笑吧（聽者不願或不敢相信）

句型二 be born for 為…而生

Unit

05

女友跑了

單元概述

　　感情是不分貴賤的！真是如此嗎？
在情場上，除了雙方合不合得來之外，
經濟條件也是一個考量。出了社會，一
切都變得現實起來，女友因自己不夠有
錢而跑掉的事，也不再是新聞了。

『魯蛇』與『溫拿』大不同

Loser

魯蛇

I can't believe that my ex-girlfriend left me for not taking her abroad every year.

真不敢相信我的女友因為我沒有每年帶她出國而把我甩了。

還能怎麼說

- **The whole thing** is too ridiculous.

  這整件事太離譜了。

- I don't see her point.

  我不明白她為什麼這麼做。

魯蛇如是說

金錢不是萬能，物質享受也不是一切！難道她都沒看到我的好？

Winner

温拿

I **not only** pay for my girlfriend's tickets, **but also** give her a credit card.

我不只幫女友買機票，還送她一張信用卡。

還能怎麼說

- I like to treat my girlfriend with good stuff.

  我喜歡用好東西寵愛我的女友。

- You can't be stingy to your loved one.

  對所愛的人花錢可不能手軟。

温拿如是說

光說不練，女人怎麼會懂你的心呢？該花的錢不能省。

用句型

- **the whole thing** 強調整件事情

- **not only...but also...** 不只…還有…

 充慣用語

- **go abroad** 出國

- **see sb.'s point** 了解重點

- **treat sb. with sth.** 用某物款待某人

- **be stingy to** 對…小氣

Mike ▶M Jeff ▶J MP3 05

J ▶ My girlfriend broke up with me, saying that I don't **care for** her so much.

傑夫 ▶ 我的女友跟我分手了，她說我不夠在乎她。

M ▶ Didn't you spend a lot of time with her?

麥克 ▶ 但你不是花很多時間陪她嗎？

J ▶ Yeah, but I didn't **buy her Prada**, take her to Thailand, and bring her to a **high-end** restaurant on our anniversary.

傑夫 ▶ 是啊，然而我沒有送她 Prada 包，沒帶她去泰國玩，也沒在紀念日帶她上高級餐廳。

M ▶ You didn't? What a **fool**! Don't you know those are **good ways** to keep a girl with you?

麥克 ▶ 你都沒做到？真是笨瓜，你不知道這些事能抓住女孩的心嗎？

J ▶ I may just be **broke** if I did it.

傑夫 ▶ 如果我真的照做的話，大概早就破產了吧。

彙補充包

字彙	詞性	音標	中譯
care for			在乎
buy sb. sth.			買某物給某人
high-end			高級的
anniversary	*n.*	[ˌænəˋvɝˑsərɪ]	周年紀念日
fool	*n.*	[ful]	愚蠢的人
broke	*adj.*	[brok]	破產的

 型延伸

句型一 break up with sb. 與某人分手

句型二 good ways to... 做某事的好方法

魯蛇初階篇

魯蛇進階篇

懷抱著當空姐的夢

單 元概述

　　想當空姐的女孩子很多,對空姐的想像,無非是優雅、美麗、獨立自主、薪資高等等。然而,想像跟現實的差距,並非擁有浪漫幻想就能實現。要實現夢想,必定先經歷一番寒徹骨,而熬不過去的人,就只能當個做夢的魯蛇了。

『魯蛇』與『溫拿』大不同

魯蛇

I doubt if anyone without background can truly become an airline stewardess.

我真懷疑沒有背景的人是否真能當上空姐。

還能怎麼說

- I always fail the test.

  每次考試我都落榜。

- There are too many competitors.

  競爭者太多了。

魯蛇如是說

那些通過空姐考試的人，大概都是家裡花錢送她們去補習吧！

Winner

Train yourself to **stand out of the crowd**, and you will be a shining star.

把自己訓練得更出色，妳就能成為閃耀的一顆星。

還能怎麼說

- Stop complaining about your failure.

  不要一直抱怨自己的失敗。

- Make yourself more competitive.

  讓自己更有競爭力吧。

溫拿如是說

「一定要考上！」的信念才是通過考試的關鍵。

用句型

- **I doubt...** 我不相信…

- **stand out of the crowd** 鶴立雞群；與眾不同

 充慣用語

- **fail sth.** 做某事失敗；考試被當

- **train sb. to** 訓練某人做某事

- **shining star** 閃亮之星；耀眼的人

- **complain about** 抱怨某事

 **簡短對話**

Katie ▶ K   Ruby ▶ R MP3 06

K ▶ I just entered into the **finale** as one of China Airline's **recruits**.

凱蒂 ▶ 我晉級了華航空姐選拔的總決選。

R ▶ I **envy** you. I couldn't even pass the first test.

露比 ▶ 真羨慕妳,我第一回合就被刷掉了。

K ▶ It's all about **exercise**. The more you practice, the better you will **perform**.

凱蒂 ▶ 這跟練習有關。越練習,表現得越好。

R ▶ I just can't. There are too many pretty girls. I don't have a **slight** chance.

露比 ▶ 我辦不到,太多美女了,我一點機會也沒有。

K ▶ You can't keep thinking that way. It won't help.

凱蒂 ▶ 這種想法對妳不會有幫助。

彙補充包

字彙	詞性	音標	中譯
finale	*n.*	[fɪ`nɑlɪ]	總決賽
recruit	*n.*	[rɪ`krut]	招募的新兵
envy	*v.*	[`ɛnvɪ]	嫉妒
exercise	*n.*	[`ɛksɚˏsaɪz]	練習
perform	*v.*	[pɚ`fɔrm]	演出、表現
slight	*adj.*	[slaɪt]	些微的

魯蛇初階篇

魯蛇進階篇

 型延伸

句型一 it's all about... 跟…有關;…非常重要

句型二 the more...the better... 越…就…

室友狂酸交不到女友

單元概述

　　當今世代將有錢、有房、有車、有女友與人生勝利組畫上等號。上述每件事都必須努力獲取，努力卻得不到回報（或是根本沒有努力）的人，想必十分眼紅。然而，到底什麼樣的生活才算是「勝利」呢？這個問題值得深思。

7-1 『魯蛇』與『溫拿』大不同

Loser

魯蛇

Girls don't date me because money is their **only concern**.

女孩們都不想跟我約會,因為她們只在乎我有沒有錢。

還能怎麼說

• They simply know to ask how much I earn per month.

她們只知道問我每個月賺多少。

• I don't want a snobbish girlfriend either.

我才不想交這麼勢利的女友。

魯蛇如是說

為什麼女孩子們都這麼在乎男人的收入呢?

Winner

Girls always talk to me simultaneously.

女孩子都自己貼過來跟我講話。

還能怎麼說

- All girls want a stable life, and my financial circumstance provides that.

  女孩都想要穩定的生活，而我的經濟條件可以提供這樣的生活。

- You will **have more chances** if you have a deep pocket.

  你要是口袋夠深，桃花運就會旺一點。

溫拿如是說

她們不是只在乎錢，她們是想要衣食無虞。男人就是要養家，不然呢？

用句型

- **only concern** 唯一在乎的事
- **have more chances** 更有機會做某事

充慣用語

- **date sb.** 和某人約會
- **simply know** 只知道⋯
- **not...either** 也不
- **a deep pocket** 有錢

7-2 簡短對話

L ▶ Look at you! You just had a **fabulous** night with Kim, right?

賴瑞 ▶ 看看你！你今晚跟金過得很愉快，對吧？

J ▶ That's right. What?

詹姆斯 ▶ 沒錯，怎麼樣？

L ▶ Nothing. Just feeling **unfair** that you're so popular with girls.

賴瑞 ▶ 沒什麼，只是覺得你那麼受女生歡迎，真不公平。

J ▶ It's not my **fault**. They like me.

詹姆斯 ▶ 這又不是我的錯，是她們喜歡我。

L ▶ Cut it out! Just because I don't have as much in my account doesn't mean that I don't **deserve** a girlfriend.

賴瑞 ▶ 別說了！我不像你那麼有錢，不代表我就沒有交女友的權利！

J ▶ I didn't say anything. If that's

詹姆斯 ▶ 我什麼也沒說

how you feel, why don't you **work your ass off** to get more **green**?

啊。如果你是這樣想的，那為什麼不努力工作，讓自己手頭更寬裕一點呢？

 彙補充包

字彙	詞性	音標	中譯
fabulous	*adj.*	[`fæbjələs]	美好的
unfair	*adj.*	[ʌn`fɛr]	不公平的
fault	*n.*	[fɔlt]	過錯
deserve	*v.*	[dɪ`zɝv]	應有
work sb's ass off			拚命工作
green			指美金鈔票

 型延伸

句型一 popular with sb. 受某人歡迎

句型二 cut it out 閉嘴；別說了

單 元概述

　　長輩總是望子成龍、望女成鳳，最好當醫生、律師，保證人生成功。這樣的價值觀儘管到了這個年頭，仍然影響大多數人對醫生這個職業的看法。然而，龐大的壓力、工時長，甚至醫療訴訟的潛在威脅等，都是當醫生必須面對的。究竟當醫生是否等同溫拿呢？

『魯蛇』與『溫拿』大不同

魯蛇初階篇

魯蛇進階篇

Loser

魯蛇

Being a doctor is not **as good as it looks**.

當醫生不如看起來那樣美好。

還能怎麼說

● They have huge responsibility to bear.

他們必須承擔很多責任。

● The pay isn't worth the stress.

不值得為那幾個錢承受壓力。

魯蛇如是說

當醫生要面對的問題太多了！就算能賺大錢，我也不要連續好幾天通宵值夜班！

Winner

Seven years of study exchange a prosperous future.

七年的學習交換燦爛前程。

還能怎麼說

- This is a meaningful job.

  這是個很有意義的工作。

- We **bring people back to life**. It's irreplaceable.

  我們是在救人命,這是個無可取代的工作。

溫拿如是說

當醫生不是為了賺錢,而是為了更崇高的理想,賺錢不過是附帶的而已。

58

用句型

- **as good as it looks** 跟看起來一樣棒
- **bring sb. back to life** 就活某人;使某人恢復生氣

 充慣用語

- **bear responsibility** 負責
- **worth...** 值得
- **A exchanges B** 用 A 交換 B
- **sth. is meaningful** 某事很有意義

 簡短對話

J ▶ I know you get like three **million per** year. You can have BMW and buy houses. All **because** you have **medical skills** and I don't.	傑夫 ▶ 我知道你年薪上百萬,所以才買得起 BMW 和房子。就只是因為你有醫療特長,而我沒有。
L ▶ You have no idea of how much **stress** I bear every day.	路克 ▶ 你一點也不了解我每天要背負的壓力。
J ▶ Oh yeah? Tell me about it! **If only** I have half of your salary...	傑夫 ▶ 是嗎?你倒是説説看呀。要是我有你一半的收入就好了。
L ▶ Stop dreaming and start acting.	路克 ▶ 少做夢了,多做事才是正經。

字彙補充包

字彙	詞性	音標	中譯
million	*n.*	[`mɪljən]	百萬
per			每
medical	*adj.*	[`mɛdɪk!]	醫療的
skill	*n.*	[`skɪl]	技術
stress	*n.*	[strɛs]	壓力
if only			要是…就好了

魯蛇初階篇

魯蛇進階篇

句型延伸

句型一 all because 就因為…

句型二 sb. has no idea of sth. 某人對某事完全不知情或無法想像

整形手術失敗了

單 元概述

　　常常看到企業廣告中，有著陽光笑容的帥哥美女銷售員，抑或是牙醫診所的廣告中，爽朗的微笑著的型男醫師…。為什麼這些人不僅事業做得有聲有色，連外貌都高人一等呢？事實上，很多人都忽略了整形手術昂貴這回事。只要有錢，讓自己變得體面絕非難事，而事業成功是否和長相成正比，那可就不一定了。

9-1 『魯蛇』與『溫拿』大不同

Loser

魯蛇

I think my bad luck **comes from** my sad appearance.

我覺得我的霉運都是因為外表不夠帥。

還能怎麼說

- I can't have a successful life with this face.

  這張臉絕不會帶給我成功的人生。

- A slight adjustment on the face can **make a big difference**.

  在臉上稍微更動一下就會差很多。

魯蛇如是說

帥男比較有升遷機會，拉客戶也比較容易成功，這是常識吧！

Winner

A handsome face doesn't provide daily bread and butter.

光靠帥臉是沒辦法讓你衣食無缺的。

還能怎麼說

- You gotta **think twice before you leap**.

  最好三思而後行。

- This is a totally unprofitable investment.

  這項投資穩賠不賺。

溫拿如是說

會把責任歸咎於外型的人，鐵定是沒救了。

用句型

- **come from** 從…而來

- **make a big difference / big differences** 造成很大的差別

充慣用語

- **sad appearance** 外表抱歉；長得不好看

- **bread and butter** 賴以生存的食物

- **a profitable investment** 前景看好的投資

- **rely on** 依靠

9-2 簡短對話

Nile ▶ N   Allen ▶ A

N ▶ I can't believe my **plastic surgery** failed!

尼爾 ▶ 真不敢相信整形手術失敗了！

A ▶ You got plastic surgery? What a waste of money!

艾倫 ▶ 你去動整形手術？真是浪費錢！

N ▶ I didn't see that coming...Just look at those K-pop stars, I thought I could be just like them.

尼爾 ▶ 我沒想到會這樣。只是看到韓星們，我以為自己能變得跟他們一樣。

A ▶ You ain't no **teenager dude**! You should be more **down to earth**.

艾倫 ▶ 你以為自己還是青少年嗎？認清現實吧。

N ▶ It's **such a shame** that I can't have double-edged **eyelids**.

尼爾 ▶ 真可惜我不能擁有雙眼皮。

彙補充包

字彙	詞性	音標	中譯
plastic surgery			整形手術
teenager	*n.*	[ˋtinˏedʒɚ]	青少年
dude	*n.*	[djud]	老兄、傢伙
down to earth			腳踏實地的
such a shame			真可惜
eyelids	*n.*	[ˋaɪˏlɪd]	眼皮

 型延伸

句型一 a waste of 浪費

句型二 see it/that coming 沒想到；活該

Unit

10

帥男去作整形手術是怎麼回事

單元概述

　　人帥是否真能當飯吃？對某些行業來說，答案是肯定的，然後這並非絕對。既然身為「溫拿」，調配手中多餘的金錢，將一部分拿來投資自己的外貌，也是相當正常的事。再怎麼說，若是連外型都打理不好，更別想要別人將重責大任交給自己了吧？

10-1 『魯蛇』與『溫拿』大不同

魯蛇

People that are born handsome don't need plastic surgery.

生來俊美的人不需要整形。

還能怎麼說

• I **can't** even **tell** if he became more handsome or not.

我甚至看不出來他是否有變帥。

• I just **don't get** what he thinks.

真不懂他在想什麼。

魯蛇如是說

這種人只是錢多到沒處花而已吧？

Winner

I have the right to make myself more attractive.

我有讓自己變得更有魅力的權利。

還能怎麼說

- I have capital. It's not a problem.

  反正我有資本,這不是問題。

- There's no limit of being good-looking.

  人帥無極限。

溫拿如是說

要好好計算投資報酬率,整形也是一項投資。

用句型

- **can't tell** 看不出來

- **don't get sth.** 不懂某事

 充慣用語

- **be born + adj.** 生來就…

- **...or not** 是否…

- **sb. has the right to** 某人有權利做某事

- **there's no limit of** 某事沒有限度

Justin ▶ J Jimmy ▶ J MP3 10

J ▶ Say, you went to do plastic surgery? What for?

吉米 ▶ 聽説你去做整形手術呀？為什麼？

J ▶ To get my nose done, **remove** the **wrinkles** and the **spots**, and so on.

賈斯汀 ▶ 讓鼻子變高一點、消除斑點皺紋等。

J ▶ What on earth...? You look good enough right from your mom's womb! Plus, the **treatment** is usually not so cheap. Did they give you **shots**?

吉米 ▶ 老天，你已經長得夠帥了吧！再説，手術不便宜吧。你有打肉毒桿菌嗎？

J ▶ Of course. Although it only lasts for three months, it's worth it.

賈斯汀 ▶ 當然有打。雖然只能維持三個月，但是很值得。

J ▶ You're **out of your mind**.

吉米 ▶ 你真是頭腦有問題。

彙補充包

字彙	詞性	音標	中譯
remove	v.	[rɪ`muv]	消除
wrinkle	v.	[`rɪŋk!]	皺紋
spot	n.	[spɑt]	斑點
treatment	n.	[`tritmənt]	診療
shot	n.	[ʃɑt]	打針
out of sb's mind			某人發瘋

 型延伸

句型一 Say, ... 說吧；喂（常用在句子的開頭，要對方解釋某事的時候）

句型二 what on earth.... 見鬼了；怎麼會（表達驚訝或不屑）

人生不是只有賺錢

單元概述

　　有錢不是萬能，沒有錢萬萬不能。生活忙碌的現代，有多少人為了工作犧牲家庭呢？雖然因為金錢太重要，這樣的後果也是必然的，但是忽略的生命中其他事物，也許只會在未來留下遺憾。相較於對金錢汲汲營營的「溫拿」，「魯蛇」則是典型的得過且過，這兩個極端都是不好的。

11-1 『魯蛇』與『溫拿』大不同

魯蛇

Money can't buy you everything.

金錢不是萬能。

還能怎麼說

- Those who rely on money only are materialistic.

  單單倚靠金錢的人是物質主義者。

- There are many other things that can't be achieved with money.

  很多事物是無法用金錢獲得的。

魯蛇如是說

我可不想窮得只剩下錢。

Money is never too much.

賺錢永遠不嫌多。

還能怎麼說

- Money is a safeguard that **deals with** any accident in life.

  金錢是生活中發生意外時的保障。

- It's also a crucial element that keeps life better.

  也是保持美好生活的重要元素。

溫拿如是說

年輕時不打拼，難道要等七老八十了才後悔嗎？

用句型

- **Money can't buy you everything.** 金錢不是萬能
- **deal with** 處理

 充慣用語

- **be achieved with** 用…取得；獲得
- **sth. is never too much** 某事永不嫌多
- **crucial element/factor** 重要原因
- **keep life good/better** 讓生活美好；更好

 簡短對話

J ▶ So you think money is everything for you?

喬伊 ▶ 所以你覺得錢就是一切囉？

K ▶ Not really, but you can't lie, it's **essential**.

凱斯 ▶ 並非如此，不過事實上，錢的確很重要。

J ▶ I mean, for **earning** more money, you can **sacrifice** the family, **entertainments**, and even love!

喬伊 ▶ 為了賺錢，你會犧牲掉家庭、娛樂，甚至愛情！

K ▶ Stop being a **daydreamer**. You're living in **society**, gotta know to play the game.

凱斯 ▶ 別再做白日夢了。社會就是這樣，這就是遊戲規則。

J ▶ You can enjoy your hard-working life all you want, and I'm gonna enjoy mine.

喬伊 ▶ 你要辛苦認真打拼，隨便你，我可要好好享受我的人生。

彙補充包

字彙	詞性	音標	中譯
essential	*adj.*	[ɪ`sɛnʃəl]	必要的
earn	*v.*	[ɝn]	賺取
sacrifice	*v.*	[`sækrəˌfaɪs]	犧牲
entertainment	*n.*	[ˌɛntɚ`tenmənt]	娛樂
daydreamer	*n.*	[`deˌdrimɚ]	愛做白日夢的人
society	*n.*	[sə`saɪətɪ]	社會

 型延伸

句型一 you can't lie 事實上

句型二 know to play the game 遵循遊戲規則；懂社會規範

魯蛇初階篇

魯蛇進階篇

人生不賺錢要幹嘛

單元概述

　　雖說開口閉口總是錢的人難免讓人感覺俗氣，但不可否認的，成功的生意人、投資家等，他們的生活令人羨慕，也有不少人為了得知他們成功的秘密，參加講座、購買傳記等。賺錢是否真是人生的目的呢？可以確定的是，賺錢的確是人生中重要的課題。

12-1 『魯蛇』與『溫拿』大不同

魯蛇

I **look down to** those who put money in their first place.

我瞧不起那些將賺錢擺第一的人。

還能怎麼說

● This is not what life is about.

這不是人生的意義。

● I'd rather **spend** the same time **pursuing** my dreams.

我寧願花同樣的時間追逐夢想。

魯蛇如是說

賺了大錢卻沒時間花,那不就沒意義了嗎?

Winner

Without money, anything is empty talk.

沒有錢，一切都是空談。

還能怎麼說

- Money is the most basic thing for anything else.

  金錢是做任何事的根本。

- There is a difference between unwilling and unable.

  不想和不能之間是有分別的。

溫拿如是說

不切實際的夢想家是永遠無法成功的。

用句型

- **look down to** 瞧不起；看不起…

- **spend time doing sth.** 花時間做某事

魯蛇初階篇

魯蛇進階篇

 充慣用語

- **put...in the first place** 把…擺在第一順位

- **This is what life is about.** 人生就該這樣過

- **empty talk** 空談

- **difference between A and B　AB** 之間有差別

 簡短對話

Joey ▶ J   Keith ▶ K MP3 12

K ▶ Don't talk a mouthful of your dream, your **ambition**, **etc**. Show me something **real**. How many zeros do you have in your account?

凱斯 ▶ 別再滿口夢想、抱負等等的了，給我看點實際的東西吧。你存款裡有幾個零？

J ▶ Not much, but there is something, **enough** for me to **survive**.

喬伊 ▶ 不多，但的確有幾個，足夠我生活了。

K ▶ Men can't live on dreams alone, you know?

凱斯 ▶ 人不是靠夢想而活的，你懂不懂啊？

J ▶ So what? How my life will be is **determined** by me, not you or some other guy.

喬伊 ▶ 那又如何？人生怎麼過是我自己決定的，而不是你或其他傢伙來決定！

彙補充包

字彙	詞性	音標	中譯
ambition	*n.*	[æmˋbɪʃən]	抱負、志向
etc.			…等等、之類的
real	*adj.*	[ˋriəl]	真實的
enough	*adj.*	[əˋnʌf]	足夠的
survive	*v.*	[səˋvaɪv]	倖存、存活
determine	*v.*	[dɪˋtɜmɪn]	決定

 型延伸

句型一 talk a mouthful of 滿嘴…

句型二 live on...alone 靠…而活

我不想當輸家男

單元概述

　　絕沒有人甘願當一名「魯蛇」，因此，若非生為小開、名媛，就只能靠努力求學、工作來擺脫先天劣勢。然而，更多的是在社會上被壓榨，想賺更多錢卻不得其門而入的人，他們才真的是社會裡的多數。小資族有小資族的幸福，減少比較，才是讓自己真正快樂的方法。

13-1 『魯蛇』與『溫拿』大不同

魯蛇

Sometimes when I look at those who have house, cars and girlfriends, **I feel miserable**.

有時候當我看著那些有房、有車、有女友的人，就覺得自己很悲慘。

還能怎麼說

- I'm not born with a silver spoon.

  我可不是含著金湯匙出生。

- They will never understand us.

  這些人永遠無法理解我們。

魯蛇如是說

反正不是出身在富貴人家，本來就很難翻身。

Winner

Everything is built up by my own hands.

我用自己的雙手建立起這一切。

還能怎麼說

- I just **make good use of** my family assets.

  我只是將家族資產善加利用。

- You already lose when you complain.

  當你抱怨的時候就已經輸了。

溫拿如是說

與其羨慕別人，不如自己打出一片天下。

用句型

- **sb. feel miserable** 某人覺得悲情；自己很可憐
- **make good use of** 好好利用某事

 充慣用語

- **be born with a silver spoon** 含著金湯匙出生
- **build up sth. by sb's own hands** 白手起家
- **mutual understanding** 彼此理解
- **never give up** 永不放棄

魯蛇初階篇

魯蛇進階篇

 簡短對話

Keith ▸ K   Joey ▸ J MP3 13

K ▸ **Admit** it, you want to be as rich as I am.

凱斯 ▸ 承認吧，你想要像我一樣有錢。

J ▸ I am not a loser.

喬伊 ▸ 我不是輸家男。

K ▸ Keep saying it. Do you have a house? A car?

凱斯 ▸ 儘管嘴硬吧。難道你有房、有車嗎？

J ▸ I don't at this **moment**, but it doesn't mean anything.

喬伊 ▸ 現在沒有不代表任何事情。

K ▸ You don't really **possess** anything. I **doubt** if you know how **enjoyable** life can be with these **items**.

凱斯 ▸ 你根本什麼也沒有。我想你大概不懂擁有這些東西，生活會多麼愉快吧。

J ▸ I will become somebody one day. Let's wait and see.

喬伊 ▸ 有一天我會飛黃騰達的，我們走著瞧。

彙補充包

字彙	詞性	音標	中譯
admit	*v.*	[əd`mɪt]	承認
moment	*n.*	[`momənt]	時刻
possess	*v.*	[pə`zɛs]	持有、擁有
doubt	*v.*	[daʊt]	懷疑、納悶
enjoyable	*adj.*	[ɪn`dʒɔɪəb!]	愉快的
item	*v.*	[`aɪtəm]	物品、項目

 型延伸

句型一 as...as... 跟…一樣

句型二 let's wait and see 走著瞧

單元概述

　　相較於「沒車、沒房、沒女友＝魯蛇」的輸家男，輸家女的定義較爲不明確。傳統而言，嫁個金龜婿就是作爲女性最大的勝利，可以說比在職場上成功更令人羨慕。然而，女性是否真的只能以相夫教子作爲最終的歸宿？顧家雖必要，卻不能用來當作衡量女性價值的唯一標準。

14-1 『魯蛇』與『溫拿』大不同

魯蛇初階篇

魯蛇進階篇

Loser

魯蛇

Compared with being a business woman, I'd rather be a housewife.

比起當個職場女性，我更想當家庭主婦。

還能怎麼說

● **All I need to do** is to take care of my husband and kids.

我只需要照顧丈夫和孩子們。

● It's nature. Women are born this way.

這是天生的，女性生來如此。

魯蛇如是說

何必自己辛苦打拼？嫁個有錢老公才是王道。

Winner

A husband is not a meal ticket.

老公不是妳的長期飯票。

還能怎麼說

- It's better to be independent.

  獨立自主比較好。

- I trust in myself.

  我相信自己的實力。

溫拿如是說

靠山山倒、靠人人老,與其靠老公,不如靠自己!

94

用句型

- **compared with...** 比起
- **all sb. needs to do...** 某人只需要…

 充慣用語

- **would rather** 寧可
- **It's nature.** 天生好手
- **born this way** 生來如此
- **trust in sb.** 信賴某人

魯蛇初階篇

魯蛇進階篇

 簡短對話

H ▶ So I just got **engaged** yesterday.

荷麗 ▶ 我昨天訂婚了。

J ▶ I saw your ring. It's a pretty big **diamond**.

茱莉亞 ▶ 我看到妳的鑽戒了，鑽石還真大。

H ▶ **Admit** it! You **envy** me!

荷麗 ▶ 承認吧，妳很忌妒。

J ▶ I envy your diamond or what? Of not being a free woman anymore?

茱莉亞 ▶ 忌妒妳的鑽石？還是忌妒妳不再是自由之身了？

H ▶ You can **pretend**, but I've got the best thing a woman can ever dream of. We're gonna have our **wedding** on an island.

荷麗 ▶ 儘管裝呀，我可是得到所有女人朝思暮想的事物了。我們會在一座小島上舉行婚禮。

J ▶ I hope you don't get yourself drowned with that fancy dress.

茉莉亞 ▶ 希望那些漂亮的婚紗不會害妳溺水。

 彙補充包

字彙	詞性	音標	中譯
engage	v.	[ɪnˋgedʒ]	訂婚
diamond	n.	[ˋdaɪəmənd]	鑽石
admit	v.	[ədˋmɪt]	承認
envy	v.	[ˋɛnvɪ]	忌妒
pretend	v.	[prɪˋtɛnd]	偽裝、假裝
wedding	n.	[ˋwɛdɪŋ]	婚禮

 型延伸

句型一 or what 還是怎樣（表肯定或強烈否定的語氣）

句型二 one can ever dream of 對某人來說最棒的事物

單 元概述

　　不論是自行離職還是被炒魷魚，一段工作的結束總會帶給人些許不安定感。對魯蛇來說，工作往往只是混口飯吃的勞力活，若是丟了工作，趕快再找一份就是；然而溫拿往往想得較遠，除了思考工作的適性度外，好好享受失業期間的休假也很重要。

15-1 『魯蛇』與『溫拿』大不同

Loser

魯蛇

I'm panicking because I'm out of a job right now.

我很驚慌，因為我現在失業了。

還能怎麼說

- I must **start working** again asap.

  我必須盡快再開始工作才行。

- **I don't mind** taking a lousy job. I just want to be doing something.

  隨便什麼工作都好，我只想要有個工作。

魯蛇如是說

沒有工作可不行，什麼都好，我得快點找份差事來做才可以！

Winner

I just quit my job, so now I have to plan carefully for my next step.

我剛剛辭了工作,所以現在得要好好規畫下一步。

還能怎麼說

- It's not jobless. It's a chance to make a change.

  這不是失業,而是一個改變的契機。

- The new beginning is going to be much better.

  新的開始將會更美好。

溫拿如是說

雖然暫時沒有工作,但我想好好規畫下一階段的事業,不必操之過急。

 **用句型**

- **start doing sth.** 開始做某事

- **don't mind doing sth.** 不介意做⋯；可以做某事

 充慣用語

- **out of a job** 失業

- **ASAP = as soon as possible** 越快越好

- **next step** 下一步；下個階段

- **make a change** 做出改變

魯
蛇
初
階
篇

魯
蛇
進
階
篇

 簡短對話

J ▸ I'm **experiencing** the **Depression**! I'm fired!

喬伊 ▸ 我在體驗經濟大恐慌！我被裁員了！

K ▸ That's too bad. **Honestly**, I just quit my job too.

凱斯 ▸ 真遺憾。說實話，我也才剛辭職。

J ▸ What? You **resigned**?

喬伊 ▸ 什麼，你自己遞辭呈的嗎？

K ▸ Yep. It's getting old. I need a fresh start for my next business.

凱斯 ▸ 沒錯。一樣的事做久就厭煩了，我的下一個事業需要新開始。

J ▸ Are you already planning? I'm still in **shock**. I can't take it.

喬伊 ▸ 你已經規劃好了嗎？我還在震驚之中，有點接受不了。

K ▸ You'd better **move on**. Unlike

凱斯 ▸ 你最好振作點

me, you always plan as you do things.

了。你跟我不同，總是邊做事邊計畫。

 彙補充包

字彙	詞性	音標	中譯
experience	v.	[ɪkˋspɪrɪəns]	體驗、經歷
Depression			經濟大恐慌（大寫）
honestly	adv.	[ˋɑnɪstlɪ]	老實說
resign	v.	[rɪˋzaɪn]	辭職
shock	n.	[ʃɑk]	震驚、驚愕
move on			繼續前進、邁進

 型延伸

句型一 Sth. gets old 某事使人倦怠

句型二 take sth. 忍受、承受某事

Unit

16

三個小孩好熱鬧

單元概述

　　在出生率逐年下降的台灣，政府陸續推動各項補助措施鼓勵生育。「兩個孩子恰恰好，三個小孩好熱鬧」顯然是政府努力的目標，也是長輩樂見的美事。對收入高的溫拿來說，養孩子不難，但對養自己都有困難的魯蛇而言，可就不是這麼一回事了。

16-1 『魯蛇』與『溫拿』大不同

Loser

魯蛇

I can't even feed myself, how am I **supposed to** have kids?

我連養自己都有困難，怎麼可能生小孩？

還能怎麼說

- Even if I have extra, **I'd like to** spend on my hobby.

  就算我有多餘的錢，我也想花在自己的嗜好上面。

- Having kids is for those who are over 35.

  生孩子是三十五歲以上的人的事。

魯蛇如是說

養一個孩子都快累死了，怎麼可能養三個。

Winner

Not having kids is a shame for one's life.

沒有孩子是人生一大憾事。

還能怎麼說

- Money doesn't come out of nowhere.

  錢不會憑空出現。

- Having kids equals to re-portion one's wealth.

  養小孩代表你要重新分配財產。

溫拿如是說

生孩子是人生規劃不可少的一環，資金也要好好規劃。

用句型

- **be supposed to** 應該
- **would like to** 想要

 充慣用語

- **even if** 就算
- **a shame for** 對…來說很可惜
- **come out of nowhere** 突然出現；冒出來
- **equal to** 等於

魯蛇初階篇

魯蛇進階篇

 簡短對話

Roger ▶ R   Joey ▶ J MP3 16

J ▶ Do you still have time and money to **entertain** yourself after having kids?

喬伊 ▶ 有小孩之後，你還有時間和閒錢找樂子嗎？

R ▶ Of course I do.

羅傑 ▶ 當然有呀。

J ▶ But how do you **manage to** make ends meet with all the **expenses**?

喬伊 ▶ 但你是怎麼維持收支平衡的？

R ▶ Come on, having two kids isn't that hard. Don't **exaggerate**.

羅傑 ▶ 少來，養孩子沒那麼難吧，別説得那麼嚴重。

J ▶ **Regarding** the clothing, schooling and all that jazz, I guess I **prefer** having the money all to myself.

喬伊 ▶ 考慮到奶粉錢、補習費之類的，我覺得還是把錢留給自己用就好。

彙補充包

字彙	詞性	音標	中譯
entertain	*v.*	[ˌɛntəˋten]	娛樂
manage to			設法做到
expense	*n.*	[ɪkˋspɛns]	開銷
exaggerate	*v.*	[ɪgˋzædʒəˌret]	誇大
regarding		[rɪˋgɑrdɪŋ]	考慮到
prefer	*v.*	[prɪˋfɝ]	偏好

 型延伸

句型一 make ends meet 收支平衡

句型二 all that jazz 諸如此類

17

誰發明魯蛇這個名詞的

元概述

　　「魯蛇」是近幾年來才流行於網路間的名詞。從時下大學生間自稱「本魯」、「本蛇」的普遍情況來看,以魯蛇自嘲或是認同魯蛇定義的人並不在少數。魯蛇本是貶意的詞彙,然而自稱與別人以此稱呼自己,感受大不相同。身為魯蛇的人,是否真有身為魯蛇的自覺呢?

17-1 『魯蛇』與『溫拿』大不同

魯蛇

I'm just **being modest calling** myself a loser. I am not one of them without doubt.

魯蛇只是謙虛的用法，我當然不認為自己是輸家。

還能怎麼說

• Doesn't it seem approachable when I say so?

不覺得這樣自稱很有親切感嗎？

• Anyway, I have progress to make.

再怎麼說，我還有進步的空間。

魯蛇如是說

調侃自己可以，但被別人取笑就不一樣了。

Winner

It's weird to call oneself a loser.

會自稱魯蛇的人很奇怪。

還能怎麼說

- If you keep calling yourself a loser, then it will become the reality.

  如果一直說自己是魯蛇，那就真的會成為魯蛇。

- Think positively, move aggressively.

  想法積極，行動才會有衝勁。

溫拿如是說

不論是否已經成功，都不該自稱魯蛇。

112

用句型

- **being + adj. + doing** 表現得…做某事
- **It's + adj. + to do...** 做某事很…

 充慣用語

- **without doubt** 毫無疑問
- **it seems...** 似乎
- **sth. becomes the reality** 某事成為現實
- **think positively** 正向思考

 **簡短對話**

D ▶ Did you just call yourself a loser?

戴夫 ▶ 你剛剛是不是自稱魯蛇？

J ▶ Yeah, in a **joking** way.

傑夫 ▶ 對呀，但我只是開玩笑。

D ▶ I don't get it. Is this a kind of **humor**? Can I call you a loser, too?

戴夫 ▶ 我不懂，這是一種幽默嗎？那我是不是也可以叫你魯蛇？

J ▶ Don't you **dare**. You **despise** me, don't you?

傑夫 ▶ 你敢就試試看。你看不起我？

D ▶ **Chill**, man. I'm just saying. I didn't mean it.

戴夫 ▶ 冷靜點，老兄，我只是說說而已，不是認真的。

J ▶ If you call me that, I'll **beat** the shit out of you.

傑夫 ▶ 你敢這樣叫我，小心我揍你。

彙補充包

字彙	詞性	音標	中譯
joke	v.	[dʒok]	開玩笑
humor	n.	[ˋhjumɚ]	幽默感
dare	v.	[dɛr]	敢
despise	v.	[dɪˋspaɪz]	藐視
chill		[tʃɪl]	（口語）冷靜點
beat	v.	[bit]	痛毆

 型延伸

句型一 I'm just saying. 說說而已

句型二 I don't mean it. 我不是故意的

魯蛇進階篇

篇章概述

　　魯蛇進階篇探討了更多的勁爆話題，包含 CCR、下流老人、永恆少女等等的話題。這些話題不僅僅在虛擬的網路世界中引起很大迴響，在現實生活中也常發生，甚至上過新聞，某些社會現象除了能給我們警惕之外，更讓我們重新思考著未來這些現象會對我們未來的生活造成的影響。現在就由這些耳熟能詳的話題作開頭，來練習英語短句和對話吧！Let's Go！

誰發明溫拿這個名詞的

單 元概述

　　相較於常見自稱「本魯」的人，自稱「溫拿」的人卻很稀有。在講究禮儀的華人之間，表現得驕傲自滿是非常不可取的。然而，有意無意間炫耀自己常出差、獎金多、開車的牌子等等，無非是散發著「我就是溫拿」的味道。不論是否是人生的贏家，懂得付出才算真正的溫拿。

18-1 『魯蛇』與『溫拿』大不同

魯蛇

I hate those who talk about their business travel all the time.

那些開口閉口就是海外出差的人，聽了就討厭。

還能怎麼說

- **What is it** with being a foreign salesman? Aren't they **still human?** Don't they need to eat and sleep?

  國外業務又怎麼樣？還不是跟普通人一樣要吃飯睡覺。

- I'm not **jealous about** having Mercedes-Benz or BMW.

  我並不羨慕開雙 B 跑車。

魯蛇如是說

事業做很大不代表人生一帆風順。

溫拿

I don't always want to travel to Europe for business either, but I don't have a choice.

我也不想總是跑歐洲出差,傷腦筋。

還能怎麼說

- Since I have business class every time, now I'm used to sleeping laying down on the plane.

  每次都坐商務艙,現在已經習慣躺著睡到目的地了。

- Cars are just a way of transportation. I consider BMW a reasonable brand.

  車子只是代步工具,我覺得 BMW 還算不錯。

溫拿如是說

生活夠用就好,只是我的標準可能高了一點。

用句型

- **what is it...** …又如何

- **be jealous about** 嫉妒

 充慣用語

- **all the time** 總是

- **still human / only human** 跟平常人一樣

- **I don't have a choice.** 別無選擇

- **be used to doing** 習慣於…

 簡短對話

D ▶ There you go, Godiva chocolate that I bought in **duty-free** stores.

戴夫 ▶ 給你，我在免稅店買的 Godiva 巧克力。

J ▶ Thanks. Wait, you went abroad again?

傑夫 ▶ 謝了。等等，你又出國了？

D ▶ As a **sales representative**, yes, to Switzerland.

戴夫 ▶ 這次我作為業務代表去了瑞士。

J ▶ I bet the company gave you a Mercedes-Benz?

傑夫 ▶ 想必公司給你賓士代步吧？

D ▶ Better, I got an Audi.

戴夫 ▶ 更好，我拿到奧迪。

J ▶ Lucky **bastard**. I still have my Toyota.

傑夫 ▶ 幸運的傢伙，我還在開豐田汽車。

D ▶ This is just one of the **benefits** my company gave me. I had

戴夫 ▶ 這只是公司給我的眾多福利之一

business class on Lufthansa
Airline.

罷了，這次我是
坐漢莎航空的商
務艙去的。

 彙補充包

字彙	詞性	音標	中譯
duty-free	adj.	[`djutɪ`fri]	免稅的
sales	n.	[selz]	業務
representative	n.	[rɛprɪ`zɛntətɪv]	代表人
bastard	n.	[`bæstɚd]	混蛋
benefit	n.	[`bɛnəfɪt]	福利
airline	n.	[`ɛr͵laɪn]	航空公司

 型延伸

句型一 there you go 拿去吧；看吧

句型二 go abroad 出國

Unit

19

貧富差距好大

單元概述

　　對小資族及一般收入的家庭來說，有家就好，不求別墅；有車就好，不求奧迪。不可否認的，今天台灣的貧富差距越來越大，房價依然居高不下，物價水準仍然持續上漲，唯獨薪水沒有增加。

19-1 『魯蛇』與『溫拿』大不同

Loser

魯蛇初階篇

魯蛇進階篇

魯蛇

I can only go window-shopping in department stores.

每次逛百貨公司，都只能看不能買。

還能怎麼說

• Who is **buying** at this price?

這種價位到底是訂給誰的？

• I guess this is the so-called life of the upper class.

所謂的上流社會就是如此吧。

魯蛇如是說

比起百貨公司，還是夜市比較適合我。

My clothing only comes from big brands.

我的衣服、鞋子非專櫃不買。

- **Getting myself** a Gucci bag is just one acceptable treat.

  偶爾買個 Gucci 犒賞自己也是剛好而已。

- I'm easily seduced by duty-free makeup and digital products at the airport.

  在機場免稅店很容易手滑買太多保養品和 3C 產品。

雖然想要的東西都到手了，但存款裡還是有很多錢呢。

用句型

- **sb. is buying sth.** 相信某事；吃那一套
- **get sb. sth.** 給某人某物

 充慣用語

- **go window-shopping** 逛櫥窗（不購物）
- **so-called** 所謂的
- **come from** 來自；源自
- **-free** 免…的；禁止…的（例：duty-free 為免稅；smoke-free 為禁菸）

 簡短對話

Katie ▶ K Ruby ▶ R   MP3 19

R ▶ Wow! Is that your new watch?

露比 ▶ 哇！那是妳的新手錶嗎？

K ▶ Yeah. It's Swatch **limited edition**, only **available** on the **aircrafts** that fly to Amsterdam.

凱蒂 ▶ 對呀，是斯沃琪公司的限定商品，只能在飛往阿姆斯特丹的飛機上購得。

R ▶ I've never bought anything in the air.

露比 ▶ 我從未在飛機上買過東西。

K ▶ It's like my hobby. I like **exclusive** designs and **prominent** colors. I have a collection of watches and sunglasses actually.

凱蒂 ▶ 這是我的嗜好，我喜歡獨家的設計和突出的顏色。其實我有一套手錶和太陽眼鏡的收藏呢。

R ▶ You are living in another world to me. I never buy designers' products. Honestly, I got most

露比 ▶ 妳簡直像活在另一個世界似的，我從沒買過設計

of my accessories on sale.

師的商品。老實說，我的飾品小物大多是特價時買的。

 字 彙補充包

字彙	詞性	音標	中譯
limited	*adj.*	[`lɪmɪtɪd]	有限的
edition	*n.*	[ɪ`dɪʃən]	版本
available	*adj.*	[ə`veləb!]	可取得的
aircraft	*n.*	[`ɛr͵kræft]	飛行器、飛機
exclusive	*adj.*	[ɪk`sklusɪv]	獨家的
prominent	*v.*	[`prɑmənənt]	突出的

 句 型延伸

句型一 in the air 在飛機上；正在播出

句型二 a collection of 一套…的收集品

感受不到貧富差距

 元概述

　　對溫拿來說，月薪三萬、房租一萬的生活會是多麼拮据，吃大餐會是多麼奢侈，箇中滋味大概永遠無法體會吧！既然衣食無缺，當然要放眼投資、置產、購買保險等。溫拿所處的世界和魯蛇是完全不同的。

20-1 『魯蛇』與『溫拿』大不同

Loser

魯蛇

Graduation means joblessness. If I don't find a job soon, I'll **have a problem** living my life.

畢業即失業，如果不快點找到工作，我生活會有問題的。

還能怎麼說

• Even though I have a full-time job, it's hard to have savings.

就算有一份正職，還是很難存到錢。

• When can I finally buy a house?

什麼時候才能買房產呢？

魯蛇如是說

每天都必須過得戰戰兢兢、克勤克儉。

Winner

I **started investing** in the stock market since college.

我從大學時代就開始投資股票。

還能怎麼說

- I bought myself a car as soon as I graduated.

  剛畢業我就買了一部車。

- Before I was thirty, I opened my first store.

  三十歲前,我開了第一家自己的店。

溫拿如是說

我的目標是三年內達到六十家加盟店。

用句型

- **have a problem doing...** 做…有困難
- **start doing...** 開始做某事

 充慣用語

- **live one's life** 好好過生活
- **full-time job** 全職工作;正職
- **as soon as** 一…就…
- **since...** 自…開始

 簡短對話

Ruby ▶R Katie ▶K MP3 20

R ▶ After the typhoon, the vegetables are **sinfully** expensive!

露比 ▶ 颱風過後,蔬菜都變得好貴!

K ▶ You gotta be kidding me. It's all the same in City Super and Jasons!

凱蒂 ▶ 妳在開玩笑吧,City Super 和 Jasons 沒有漲價呀。

R ▶ Of course it is...everything there is **imported**!

露比 ▶ 他們當然不會漲,那裡的東西都是進口的嘛。

K ▶ Oh my, the **quality** is **supreme** there. I love shopping **groceries** in department stores.

凱蒂 ▶ 我的天,那裡的蔬果品質真好。我好愛在百貨公司裡買日用品唷。

R ▶ I bet you do.

露比 ▶ 看得出來。

K ▶ Do you know that **lately** they

凱蒂 ▶ 妳知道最近那兒

start providing fresh milk directly from Hokkaido?

開始販售北海道直送鮮乳了嗎？

R ▶ Talking to you is a waste of my time.

露比 ▶ 跟妳講話真是浪費時間。

 彙補充包

字彙	詞性	音標	中譯
sinfully	*adv.*	[ˋsɪnfəlɪ]	罪惡地
import	*v.*	[ˋɪmport]	進口
quality	*n.*	[ˋkwɑlətɪ]	品質
supreme	*adj.*	[səˋprim]	極佳的
grocery	*n.*	[ˋgrosərɪ]	日用品
lately	*adv.*	[ˋletlɪ]	最近

 型延伸

句型一 you gotta be kidding me 不會吧；你在開玩笑吧

句型二 a waste of one's time 浪費某人的時間

mean girl 對三低男
大呼小叫

元概述

　　所謂的三低，是三高；身材高、學歷高、收入高的相反，也就是不高大、學歷不高、也不特別有錢的人。不論就物質或心理層面來說，三低男都很難受到女性歡迎，而這樣的現象在亞洲地區尤其明顯，從電視上的相親節目也能看出端倪。

『魯蛇』與『溫拿』大不同

Loser

魯蛇

I **have no idea** why the girls don't answer my phone after they hear my salary.

不知道為什麼，女孩在聽到我的月薪後就不再接我的電話了。

還能怎麼說

• Every time is the same, no exception.

每次都這樣，屢試不爽。

• Or they will have a dilemma look when they see me riding a scooter.

不然就是看到我騎機車，露出為難的臉色。

魯蛇如是說

可以不要只在乎這些表面的東西嗎？

Winner

I **feel ashamed for** those who let their girls ride scooters.

那些騎機車載女生的人，我真替他們感到丟臉。

還能怎麼說

- They are in their 20s; should have a car at least.

  都二十好幾了，總該有一輛車吧。

- I don't blame the girls for being realistic.

  不能怪那些女孩現實。

溫拿如是說

換成是我，我也想舒舒服服的坐車。

138

用句型

- **have no idea** 不知道…
- **feel ashamed for** 為…感到遺憾／羞恥

 充慣用語

- **no exception** 毫無例外
- **a...look** 有…表情
- **in their 20s** 正值二十幾歲（數字可代換成 30、40…等）
- **don't blame sb.** 不怪某人；不是某人的錯

Justin ▶ J   Jimmy ▶ J   MP3 21

J ▶ Did you get dumped by a girl again?

賈斯汀 ▶ 你又被甩了嗎？

J ▶ Are you here just to make fun of me?

吉米 ▶ 你只是來嘲笑我的嗎？

J ▶ Come on, nobody is gonna date you **unless** you have a car.

賈斯汀 ▶ 得了吧，除非你有車，否則沒人想跟你約會。

J ▶ I don't buy it. I believe in true love.

吉米 ▶ 我不信，我認為一定有真愛。

J ▶ True love is not **based on an empty** stomach, **buddy**.

賈斯汀 ▶ 也要先填飽肚子才能談情說愛，老兄。

J ▶ **Perhaps** I'm not tall enough, but I've got **self-esteem**.

吉米 ▶ 我也許不夠高，但是人小志不小。

魯蛇初階篇

魯蛇進階篇

字彙補充包

字彙	詞性	音標	中譯
unless	*conj*	[ʌnˋlɛs]	除非
based on			建立在…之上
empty	*adj.*	[ˋɛmptɪ]	空虛的
buddy	*n.*	[ˋbʌdɪ]	老兄、傢伙
perhaps	*adv.*	[pɚˋhæps]	或許
self-esteem	*n.*	[ˌsɛlfəsˋtim]	自尊

句型延伸

句型一 get dumped 被甩

句型二 make fun of sb. 嘲笑某人

遇見三高男馬上化身成
nice lady

單元概述

　　以正常女性的擇偶條件來說，選擇比自己高大、能力強、有擔當的男性是理所當然的事，然而隨著社會現代化，這樣的條件逐漸成了薪資多寡、房產數、以及事業規模等。女性尋找另一伴不再只求情投意合，更追求優渥的物質生活，因此對許多「本魯」來說，女友是越來越難找了。

22-1 『魯蛇』與『溫拿』大不同

Loser

魯蛇

I rarely see a couple that the guy is shorter than his companion.

我很少看到情侶間男性比女性矮的。

還能怎麼說

- **It's not my fault** for not being tall enough.

  長得不夠高不是我的錯。

- Girls wearing high heels are such a disadvantage for men.

  女生穿高跟鞋對男人更加不利。

魯蛇如是說

擇偶還要看身高,簡直無理取鬧。

143

Winner

Women want to count on big shoulders.

女性都想要可靠的肩膀。

還能怎麼說

- Girls that are dependent are adorable.

  小鳥依人的女孩真可愛。

- Guys **bear the duty to** let girls fall in love.

  讓女孩們迷上自己是男人的責任。

溫拿如是說

外在條件只不過是加分罷了，個人氣質才是決定的條件。

用句型

- **It's not one's fault.** 不是某人的錯

- **bear the duty to** 有責任做某事

 充慣用語

- **rarely** 幾乎沒有（用在否定句）

- **sth. is a disadvantage** 某事是缺點／不利條件

- **count on** 依賴；信任

- **fall in love** 墜入情網

 簡短對話

Justin ▶ J　Jimmy ▶ J MP3 22

J ▶ How dare you! You **steal** my ex-girlfriend!	吉米 ▶ 你好大膽！竟敢搶我的前女友！
J ▶ Woa, hold up man, she ain't your ex-anything. Besides, I didn't steal. She came to me first.	賈斯汀 ▶ 哇，冷靜點，她可不是你的「前」什麼的。再說，我沒偷沒搶，是她自己來找我的。
J ▶ You can't do this to me!	吉米 ▶ 你不可以這樣對我！
J ▶ Time to face the **reality**, Jimmy. Girls want a **peaceful**, **stable** life. And that's what I can **provide**. It's that easy. Are we on the same page here?	賈斯汀 ▶ 吉米，面對現實吧。女人都想要平靜安穩的生活，而這就是我能給她們的，就這麼簡單。你懂嗎？

J ▶ No! I'm never gonna accept it. You are just a **cruel** bastard.

吉米 ▶ 不！我永不會接受的！你只是個殘忍的混蛋罷了！

 彙補充包

字彙	詞性	音標	中譯
steal	*v.*	[stil]	偷竊
reality	*n.*	[ri`ælətɪ]	現實
peaceful	*adj.*	[`pisfəl]	祥和的
stable	*adj.*	[`steb!]	安定的
provide	*v.*	[prə`vaɪd]	提供
cruel	*adj.*	[`kruəl]	殘忍的

 型延伸

句型一 hold up 冷靜點；慢點

句型二 on the same page 有共識

Unit

23

CCR 好蠢

單元概述

　　CCR 即異國戀（cross culture romance）的簡稱，因台灣近年來在年輕女性族群中掀起一股旋風，故在網路上開始流行此一詞彙。對台灣男性來說，崇尚（不論是否有自覺）CCR 的女性，往往令人反感，這樣的現象在交不到的女友的「魯蛇」間尤其明顯。

23-1 『魯蛇』與『溫拿』大不同

Loser

魯蛇

I think girls who only fancy foreign guys are dumb.

我覺得看到外國男人就倒貼的女孩很笨。

還能怎麼說

• **What is so good about** being white?

白人有什麼好?

• You should get to know one's personality, not his skin color.

該重視的是人格,而不是膚色吧。

魯蛇如是說

外國的路人甲一到亞洲就變成大帥哥,這樣有道理嗎?

149

Winner

A white guy isn't necessarily **popular among** Asian women.

並不是白人就一定會受亞洲女生歡迎。

還能怎麼說

- It's about the feeling, about being romantic.

  這跟感覺與是否浪漫有關。

- Expand your charm to the maximum.

  把你的魅力發揮到極致吧。

溫拿如是說

懂得推銷自己的人自然會受歡迎，無關膚色、國籍。

好用句型

魯蛇初階篇

魯蛇進階篇

- **what is so good about...**（某事）到底有什麼好？

- **popular among**

補充慣用語

- **fancy sth./sb.** 喜歡；崇拜某種人事物

- **sth./sb. is dumb** 極帶貶意的説某人或某事很愚蠢

- **get to know sth.** 深入了解某事

- **to the maximum** 達到頂峰

 簡短對話

L ▶ Another girl got laid by some **random** white **guy**. What is she thinking? Doesn't she know that he just wants a **one-night stand**?	李奧 ▶ 又一個女孩跟不知哪來的白人睡了。她到底在想什麼？難道她不知道那傢伙只想要一夜情嗎？
E ▶ Maybe she is **satisfied** with a one-night stand. Who knows? That guy looks **hot**.	艾瑞克 ▶ 也許一夜情她也好吧。誰知道呢？那個人看起來還滿帥的。
L ▶ This is **disgusting**. I don't even have a chance to ask girls out.	李奧 ▶ 真是太噁心了，我想約女孩出門都約不成。
E ▶ That's your problem. I don't find difficulty doing that.	艾瑞克 ▶ 那是你有問題，我的約會倒是不少。

彙補充包

字彙	詞性	音標	中譯
random	*adj.*	[`rændəm]	隨機的
guy	*n.*	[gaɪ]	傢伙、男人
one-night stand			一夜情
satisfy	*v.*	[`sætɪsˌfaɪ]	使滿意
hot	*adj.*	[hɑt]	火辣的;帥的
disgusting	*adj.*	[dɪs`gʌstɪŋ]	令人反感的

型延伸

句型一 get laid 與某人上床

句型二 find difficulty doing sth. 做某事有困難

Unit

24

親友團真煩人

單 元概述

　　每次逢年過節，親友聚集在一起時，所聊的話題不外乎是工作現況、升職了沒、是否有交往對象、小孩成績等等。人比人，本來就會氣死人，更別說是強迫被別人拿來當茶餘飯後的消遣對象了。對魯蛇來說，這些年節假日應該是某種程度的酷刑吧。

24-1 『魯蛇』與『溫拿』大不同

魯蛇初階篇

魯蛇進階篇

魯蛇

Elders in the family ask about the reason why I don't have a girlfriend again.

又被長輩問到為什麼還沒有女友。

還能怎麼說

- Being in the spotlight is not pleasant.

  每次都被「關心」，實在令人受不了。

- I'm an independent individual. Everyone is different.

  別人是別人，我是我，每個人都不一樣呀！

魯蛇如是說

不要再給我打分數了！

Winner

Dealing with the relatives is **a piece of cake** for me.

要應付親戚，我是游刃有餘。

還能怎麼說

- I could feel the admirations **coming toward** me while talking about taking my girlfriend to travel overseas.

  說到今年計畫帶女友去旅行時，就被投以羨慕的目光。

- Although people want to give me advise, I have everything in the bag.

  雖然大家一直給我建議，但是行程我已經規劃好了。

溫拿如是說

年節嘛，快樂的過就好，何必有壓力呢？

用句型

- **deal with** 處理;應付
- **come toward** 向…而來

 充慣用語

- **be in the spotlight** 成為關注焦點
- **a piece of cake** 輕而易舉
- **travel overseas** 海外旅行
- **have sth. in the bag** 一切在掌握之中

 簡短對話

J ▶ I hate family **reunions**. I feel that my life is under people's **examination**. I have no **privacy**.

傑夫 ▶ 我恨家族聚會。我覺得我的人生被眾人檢視，一點隱私都沒有。

M ▶ You are too **sensitive**. That's family, isn't it? They are eager to know the latest news of your life.

麥可 ▶ 你太敏感了。這就是家庭，不是嗎？他們很想知道你的近況。

J ▶ You seem comfortable about it. I bet you have a lot going on in your **formidable** life, don't you?

傑夫 ▶ 你看起來很自在嘛。我想你美妙的人生一定高潮不斷吧？

M ▶ You can say that. I don't **disagree** with it.

麥可 ▶ 可以這麼說，我不否認。

字彙補充包

字彙	詞性	音標	中譯
reunion	*n.*	[ri`junjən]	團聚、聚會
examination	*n.*	[ɪgˌzæmə`neʃən]	檢驗、檢查
privacy	*n.*	[`praɪvəsɪ]	隱私
sensitive	*adj.*	[`sɛnsətɪv]	敏感的
formidable	*adj.*	[`fɔrmɪdəb!]	美好的、強的
disagree	*v.*	[ˌdɪsə`gri]	反對

句型延伸

句型一 eager to 渴望

句型二 sth. going on 某事正在發生

現代人生活真辛苦

 元概述

　　每個月除了房租要繳,手機費、家用 wifi、聚餐費、治裝費、養車錢…這些林林總總的錢加起來,還真不是筆小數目。現代人的生活越來越複雜,生活中越來越少不了 3C 產品,開銷自然也就比十幾年前高多了。要應付這樣的生活水準,當個「月光族」是不行的。

25-1 『魯蛇』與『溫拿』大不同

Loser

魯蛇

I've got bills to pay.

我有很多帳單要付。

還能怎麼說

- Sometimes I look at them and I'm overwhelmed.

  有時候我看到那麼多帳單都驚呆了。

- I live by paycheck every month.

  我是靠每個月領的薪水過活的。

魯蛇如是說

月初可以花錢大方點,月底就只能啃吐司了。

Winner !

Portion your money **makes life easier.**

分配金錢會讓生活過得簡單些。

還能怎麼說

- You can buy stuff and save up at the same time.

  買東西的同時還是存得了錢。

- Living paycheck to paycheck is the last thing I want to do.

  靠每個月的薪水單度日是我最不想要看到的。

溫拿如是說

該花的錢要花,該存的還是要存。

用句型

- **have (got) bills to pay** 有帳單要付（意旨需要顧到生活）
- **make life easier** 使生活更輕鬆

 充慣用語

- **sb. is overwhelmed** 某人感到震驚；被震懾住了
- **live by paychecks** 靠薪水過活，指生活拮据
- **save up** 省下
- **the last thing one wants to do** 最不想做的事

 **簡短對話**

Dave ▶ D   Jeff ▶ J MP3 25

J ▶ Sometimes I really want to turn back time and live in **ancient** times.

傑夫 ▶ 有時候我真希望時光能倒轉，而我能活在古代。

D ▶ So are you **willing** to **forfeit** your iPhone and Netflix?

戴夫 ▶ 所以你願意放棄 iPhone 和網飛囉？

J ▶ Maybe not. I don't think I can live without my phone. **Besides**, I spend so much money on it and the Internet.

傑夫 ▶ 也許不了。我沒了手機活不了，再說我花了很多錢在手機和網路上。

D ▶ Totally. You feel **tired of** being **chased** by bills, don't you?

戴夫 ▶ 沒錯，你被帳單追得很累吧？

J ▶ Living in modern age isn't human.

傑夫 ▶ 現代人的生活真辛苦。

彙補充包

字彙	詞性	音標	中譯
ancient	*adj.*	[ˋenʃənt]	古老的
willing	*adj.*	[ˋwɪlɪŋ]	樂意的
forfeit	*v.*	[ˋfɔrˏfɪt]	喪失
besides			除此之外
tired of			對…感到厭倦
chase	*v.*	[tʃes]	追趕

 型延伸

句型一 turn back time 時光倒轉；回到過去

句型二 Totally. 說的沒錯（用在同意對方所說的話時）

Unit

26

又可以嘲笑人了

元概述

　　收入、生活水準高人一等的溫拿，往往不自覺散發出高人一等、不可一世的氣息。儘管他們可能並非故意去取笑別人，但是有些話聽在平民老百姓耳中，還是會覺得不是滋味。面對溫拿的挖苦，試著別太認真才是王道。

26-1 『魯蛇』與『溫拿』大不同

魯蛇

They talk about the stock market and the exchange rate all the time. How boring!

每次談話的內容總是股價漲跌、外匯幣值，多無趣。

還能怎麼說

- Can't we have some easier conversations?

  難道不能談些輕鬆點的話題嗎？

- I'd like to know where to get economical **yet** tasty brunch.

  我比較想知道哪裡有便宜好吃的早午餐。

魯蛇如是說

我只是不想談太嚴肅的話題，並不是我沒有投資的本錢！

溫拿

Those who care about entertaining themselves are **never gonna grow**.

只關心吃喝玩樂的人永遠不會進步。

還能怎麼說

• I can't stand those who have group buy in the office.

真受不了那些揪辦公室團購的人。

• We don't live at the same level.

我們是不同水平的人。

溫拿如是說

我不是故意要取笑人，但那些人的生活方式太隨便了。

用句型

魯蛇初階篇

魯蛇進階篇

- **...yet...** 卻⋯

- **sb. is gonna grow** 某人會有長進

充慣用語

- **stock market** 股市

- **exchange rate** 外匯利率

- **stand sth./sb.** 忍受某事／某人

- **same level** 同樣水平

 **簡短對話**

J ▶ What do you do at work other than **browsing** Facebook and doing group buy?

賈斯汀 ▶ 你上班時除了看臉書、揪團購，還會做什麼其他事嗎？

J ▶ I work! Can't you see?

吉米 ▶ 我會工作！你看不出來嗎？

J ▶ All I see is you checking out food places on your **smart phone**. **No wonder** you still live with your parents, and I'm buying my second **apartment**.

賈斯汀 ▶ 我只看到你一直划手機找餐廳。難怪你到現在還跟父母住，而我已經準備要買第二間公寓了。

J ▶ Don't **judge** me.

吉米 ▶ 別評斷我。

J ▶ Just trying to give you **advise**, friend friend. Live wiser, man. Don't waste your life.

賈斯汀 ▶ 朋友，我只是想給你些建議，你得學聰明點，別浪費生命。

彙補充包

字彙	詞性	音標	中譯
browse	v.	[braʊz]	瀏覽
smartphone	n.		智慧型手機
no wonder			難怪
apartment	n.	[əˋpɑrtmənt]	公寓
judge	v.	[dʒʌdʒ]	品評、判斷
advise	v.	[ədˋvaɪz]	勸告

 型延伸

句型一 other than 除了…之外

句型二 can't you see 你看不出來嗎／你不明白嗎

Unit 27

又被嘲笑

 元概述

　　面對溫拿的冷嘲熱諷，魯蛇也不是省油的燈。所謂的溫拿，難道真的能用鼻孔瞪人嗎？說到底，溫拿一樣得面對生老病死，在命運面前，他們往往同樣無能為力。就這點來說，溫拿和魯蛇是一樣的。且看魯蛇如何反擊吧！

『魯蛇』與『溫拿』大不同

魯蛇

People that think of earning money all day long is scary.

那種整天想著賺錢的人真可怕。

還能怎麼說

• What's their lives about, **apart from** pursuing material things?

他們的人生除了追求物質生活，還剩下什麼？

• Each one of us has our own way of living.

每個人都有自己的生活方式。

魯蛇如是說

就算帳戶裡的存款不多，我照樣過得很自在。

Winner

Just like ugly people like to do tricks, losers like to have excuses, too.

醜人多作怪，魯蛇愛找藉口。

- Naturally humankind is divided into two groups: the winner and the loser.

  人本來就分成勝利和失敗兩組。

- These two groups of people are never gonna reach an agreement.

  這兩種人是永遠無法有共識的。

再找藉口也沒用，魯蛇永遠都是魯蛇。

用句型

- **apart from** 除了…之外
- **just like...** 就像…

 充慣用語

- **pursue** 追求
- **way of living** 生活方式
- **divide into** 分割為
- **reach an agreement** 達成共識

 簡短對話

Justin ▶ J   Jimmy ▶ J MP3 27

J ▶ You know what? Without the **mortgage** and the car **loan**, I live a way easier life than you do.

吉米 ▶ 你知道嗎?少了房貸和車貸,我的生活比你簡單太多了。

J ▶ Really? **Certainly**, for you is more **enjoyable** to ride scooter in typhoon days, and to have your parents around and giving you **suggestions** all the time?

賈斯汀 ▶ 是嗎?看來在颱風天騎機車,還有讓父母整天在你旁邊出意見,對你來說很享受嘛。

J ▶ Being able to share your time with the family or to spend it in a night club, which is more **valuable**, you decide.

吉米 ▶ 花時間和家人在一起,還是花時間上夜店,哪一個比較有價值,你自己決定吧。

彙補充包

字彙	詞性	音標	中譯
mortgage	*n.*	[ˋmɔrgɪdʒ]	房貸
loan	*n.*	[lon]	貸款
certainly	*adv.*	[ˋsɝtənlɪ]	無疑地
enjoyable	*adj.*	[ɪnˋdʒɔɪəb!]	愉快的
suggestion	*n.*	[səˋdʒɛstʃən]	建議
valuable	*adj.*	[ˋvæljʊəb!]	有價值的

 型延伸

句型一 have...around 有…在身邊

句型二 be able to 有能力做某事

魯蛇初階篇

魯蛇進階篇

Unit

28

怎麼會有人是魯蛇

 元概述

　　溫拿可說是含著金湯匙出生的紈褲子弟，要他們了解魯蛇的人生，簡直比登天還難。自學生時代起就擁有更多資源的他們，想必無法理解出社會後還用機車代步、也沒有訂作西裝的人是什麼心情吧。這樣的人，會無法想像魯蛇的際遇也是理所當然的。

28-1 『魯蛇』與『溫拿』大不同

Loser

魯蛇

Most people live a loser's live until 40.

大部分的人四十歲之前的人生都在當魯蛇。

還能怎麼說

- One out of a hundred may **be capable of** getting a car once graduated from college.

  一百人中大概只有一個有能力在地學畢業後立刻買車。

- Buying a place in downtown is more like a mission impossible.

  在城裡買下店面更幾乎是不可能的任務。

魯蛇如是說

有本錢做這些事的人是極少數。

Winner

Having a degree abroad is fundamental.

有國外的學歷文憑很基本。

還能怎麼說

- Since the family can support financially, why not **make good use of it**?

  既然家裡有財力，那為何不好好利用呢？

- Don't put parents'expectations in vain.

  別辜負父母的期望。

溫拿如是說

我的人生並不特別，想不通為何有人要眼紅。

180

用句型

- **be capable of** 能夠⋯
- **make good use of sth.** 好好利用某物

 充慣用語

- **one out of a hundred** 一百人中有一個人
- **once** 一⋯就⋯
- **more like...** 比較像
- **since** 既然

魯蛇初階篇

魯蛇進階篇

 簡短對話

J ▶ Didn't your parents give you a **brand-new** scooter as a **graduation present**?

賈斯汀 ▶ 你父母不是送你一輛全新的機車當畢業禮物嗎？

J ▶ Yes, they did. But you got a car, didn't you?

吉米 ▶ 對，但你得到一輛車，不是嗎？

J ▶ A scooter is not bad, either.

賈斯汀 ▶ 機車也不錯啊！

J ▶ And you got the free ticket to the **graduate school** to the United States.

吉米 ▶ 而且你還靠關係進了美國學校的研究所。

J ▶ Watch your tongue! It's not free. I **earned** it.

賈斯汀 ▶ 說話小心點，我是自己考進去的。

J ▶ Oh, you mean you paid for it?

吉米 ▶ 那學費是你付的嗎？

J ▶ I didn't have to. My grandparents were willing to help.

賈斯汀 ▶ 我不用付學費，我的祖父母願意出錢。

J ▶ This is why I **dislike** you.

吉米 ▶ 這就是我討厭你的原因。

 彙補充包

字彙	詞性	音標	中譯
brand-new	adj.	[`brænd`nu]	嶄新的
graduation	n.	[ˌgrædʒʊ`eʃən]	畢業
present	n.	[`prɛznt]	禮物
Graduate school	n.		研究所
earn	v.	[dɪs`laɪk]	賺得
dislike	v.	[dɪs`laɪk]	恨、討厭

 型延伸

句型一 free ticket 免費門票（意指靠關係或有門道）

句型二 watch your tongue 注意說話；閉嘴

Unit

29

繼續當個酸民！？

單元概述

　　酸民一詞來自鄉民，原指一群不懂狀況、只喜歡跟著起鬨的人。以廣泛的意義來說，酸民與魯蛇十分相似，都對溫拿的人生感到眼紅、不滿。雖說溫拿的人生是少部分人才有的際遇，但一直當個只懂得抨擊所謂的「人生勝利組」、怨天尤人的酸民，大概永遠無法向溫拿的人生邁進吧！

29-1 『魯蛇』與『溫拿』大不同

魯蛇

Those winners of life are supported by their parents.

那些人生贏家還不是靠父母。

還能怎麼說

- Without their financial support, they can't even pay for the tuition.

  沒有父母的經濟支持，他們甚至連學費都付不起。

- **Not to mention** study overseas.

  更別說到海外去留學了。

魯蛇如是說

家裡有錢就是不一樣。

Most of the time, I work with me, myself, and I.

大部分時候,我都是一個人默默努力。

還能怎麼說

• Though the family is important, **it's me that** makes myself successful.

雖然家庭重要,但讓我成功的是自己。

• I study abroad by earning a scholarship.

我是靠獲得獎學金去留學的。

溫拿如是說

天才是一分的天分和九十九分的努力。

用句型

- **not to mention** 更別提⋯
- **It's me that...** 強調「是我」做到某件事

 充慣用語

- **financial support** 金援
- **study overseas** 海外留學
- **me, myself and I** 強調自己一個人
- **earn a scholarship** 拿獎學金

 簡短對話

J ▶ Look at those who become doctors and lawyers. Which of them are not from a **wealthy** family?

吉米 ▶ 看看那些當醫生和律師的人，有哪個不是家境富裕的？

J ▶ So you think they have to give credit to their families? They have nothing to do with their success?

賈斯汀 ▶ 所以你認為他們要歸功給家人嗎？他們和自己的成功一點關係也沒有？

J ▶ It's true! They **are born to** be **superior**. This world is **unfair**.

吉米 ▶ 沒錯！他們生來就高人一等，這世界是不公平的。

J ▶ What about you? Except for **scolding** people, have you ever done anything to **improve** yourself?

賈斯汀 ▶ 那你呢？除了在這裡批評抱怨，你自己也做過什麼提升自我的努力嗎？

彙補充包

字彙	詞性	音標	中譯
wealthy	*adj.*	[ˋwɛlθɪ]	富裕的
be born to			生來
superior	*adj.*	[səˋpɪrɪɚ]	優越的
unfair	*adj.*	[ʌnˋfɛr]	不公平的
scold	*v.*	[skold]	責罵
improve	*v.*	[ɪmˋpruv]	使進步

 型延伸

句型一 give credit to 歸功於…

句型二 have nothing to do with 和…毫無瓜葛

魯蛇初階篇

魯蛇進階篇

魯蛇跟溫拿傻傻分不清楚

單元概述

　　在這個凡事向錢看的時代，薪水高低似乎已成衡量一個人幸福指數的基準。然而，三高男是否真是溫拿，三低男又是否注定成為魯蛇呢？俗話說傻人有傻福，無欲無求的人生，儘管物質生活簡單，卻也能過得幸福美滿。在生活中常保感恩之心，才能讓自己更像個人生贏家。

30-1 『魯蛇』與『溫拿』大不同

魯蛇

Despite the fact that I earn a little, it's enough for me to live.

雖然我賺得不多，但是已經夠用了。

還能怎麼說

- I'm living a simple life.

  我的人生很單純。

- Great things happen in a normal daily routine.

  大事就是發生在平凡無奇的日常中。

魯蛇如是說

雖然在別人眼中是魯蛇，但我很滿意自己的步調。

Winner

You can't stop accumulating the wealth.

積攢財富絕不能停。

還能怎麼說

- **It's the only way** to keep yourself uplifted.

  這是唯一能讓人保持振奮的方法。

- Other than that, everything is just additional bonuses.

  除此之外的其他事都只是附加的好處而已。

溫拿如是說

擁有自己想要的一切才是人生贏家。

用句型

- **despite the fact that...** 儘管
- **it's the only way** 唯一⋯的方法

 充慣用語

- **living one's life** 享受人生
- **great things happen** 發生大事
- **other than that** 除此之外（放在句首）
- **bonus** 好處、紅利

 **簡短對話**

K ▶ I flew to Sydney last week. It was a ton of **adventure**.

凱蒂 ▶ 上週我飛去雪梨，經歷了好多新奇事。

R ▶ Being an **airline stewardess** must be **challenging**, isn't it?

露比 ▶ 當空服員一定很有挑戰性，對吧？

K ▶ It's okay. What about you? Anything **exciting** in your life?

凱蒂 ▶ 還好啦。妳呢？最近發生什麼有趣的事嗎？

R ▶ An office lady can't **expect** too much. But my boyfriend bought me a **bouquet** yesterday during work. It was such a surprise.

露比 ▶ OL 的生活還不就是那樣。不過，昨天上班時男友買花籃送我。那真是讓我驚喜了。

K ▶ That's....cool. Good for you.

凱蒂 ▶ 那還…真不錯啊。真好。

R ▶ Thank you. I'm happy about simple **happiness** like this.

 彙補充包

字彙	詞性	音標	中譯
airline stewardess	*n.*		女空服員
challenging	*adj.*		具挑戰性的
exciting	*adj.*	[ɪk`saɪtɪŋ]	令人興奮的
expect	*v.*	[ɪk`spɛkt]	期待
bouquet	*n.*	[bu`ke]	花籃
happiness	*n.*	[`hæpɪnɪs]	幸福、快樂

 型延伸

句型一 a ton of 很多的

句型二 such a... 真是個⋯

當然要有名車代步

 元概述

　　電影中英姿颯爽的男主角總要有名車相伴，似乎少了車子的陪伴，男人的帥氣就會減少好幾分似的。現實生活中，開著名車現身的男人，還未下車便帶著一股「人生勝利組」的味道。到底名車是必需品，還是身分地位的象徵物呢？難道開不起名車的人就注定低人一等？

31-1 『魯蛇』與『溫拿』大不同

魯蛇

Cars are just tools for transportation.

車子只是交通工具罷了。

還能怎麼說

- All cars run, not just Porsche.

  只要是車子都會動，不一定要保時捷。

- I don't **believe in** materialism.

  我可不是物質主義者。

魯蛇如是說

用名車來炫耀自己的人真不可取。

Browsing through car magazines is one of my hobbies.

瀏覽汽車雜誌是我的嗜好之一。

還能怎麼說

- Cars are like women; you need one that **fits for** you.

  車子就像女人，你得找個適合自己的。

- A good car is one indispensable item in life.

  一輛好車是生活中不可或缺的物品。

溫拿如是說

沒有名車，還算的上一個社會人士嗎？

用句型

- **believe in** 信仰；把…奉為圭臬

- **fit for** 適合；與…合拍

 充慣用語

- **all cars run** 只要是車子都會跑（意指沒什麼大不了，相似用法：all men eats 只要是人都要吃飯，沒什麼了不起）

- **-ism** 某種主義

- **browse through** 瀏覽；走馬看花式翻閱

- **one...** 強調「這個」東西很特別／重要

魯蛇初階篇
魯蛇進階篇

Eric ▶ E Leo ▶ L   MP3 31

E ▶ What do you think about my new car? It's a **restored** 90' **retro** style Mercedes-Benz.

艾瑞克 ▶ 你認為我的新車怎麼樣？這是整裝後的九零年代復古造型賓士車款。

L ▶ Not bad. Is this the real thing? Not some **lousy** second-hand?

里歐 ▶ 還不錯，但這是原廠車嗎？不是二手爛貨吧？

E ▶ Silly, this is the real deal. Check out the **interior**. The space and **electric** seat are nowhere to be found.

艾瑞克 ▶ 蠢蛋，當然是真貨。看看它的內裝，空間和電動座椅都是其他地方找不到的。

L ▶ It's just a car. No need to make a fuss of that.

里歐 ▶ 只是輛車，沒必要這麼小題大作吧？

E ▶ For you I guess, if you can

艾瑞克 ▶ 對你來說就是

ever buy one of these in your **lifetime**.

如此。我看你窮極一生也買不起這種車。

 彙補充包

字彙	詞性	音標	中譯
restore	*v.*	[rɪ`stor]	恢復
retro	*adj.*	[`rɛtro]	復古的
lousy	*adj.*	[`laʊzɪ]	糟糕的
interior	*n.*	[ɪn`tɪrɪɚ]	內部的
electric	*adj.*	[ɪ`lɛktrɪk]	電動的
lifetime	*n.*	[`laɪf͵taɪm]	一輩子

 型延伸

句型一 the real deal 真貨

句型二 make a fuss of 對…小題大作／發牢騷

住別墅有這麼難嗎？

單元概述

　　雖說住處的選擇要依個人的需求為準，但是公寓和別墅比起來，還是狹窄了些，較顯不出一個人的氣派。然而在城市買獨棟別墅談何容易，若是要有保全、停車位的社區，更是一大筆令人望而生畏的開銷。

32-1 『魯蛇』與『溫拿』大不同

Loser

魯蛇

A villa is **too** huge **to** live in as a two-person family.

對兩人小家庭來說，一棟別墅太大了。

還能怎麼說

• I feel pretty at ease with my cozy and comfy flat.

我在我舒適的公寓裡覺得很自在。

• I'd like to take my time preparing myself.

我想要慢慢充實自己。

魯蛇如是說

買別墅不是當務之急，沒有必要的話，一生都住公寓也沒關係。

Winner

A villa won't break the bank.

買棟別墅花不了多少錢。

還能怎麼說

- It's easier than one can imagine.

  這件事比想像中簡單。

- There is always another excuse to **put it off**.

  永遠有理由拖延。

溫拿如是說

不買別墅，還稱得上有擔當的成人嗎？

用句型

- **too...to...** 太…以至於不能
- **put off sth.** 延後某事

 充慣用語

- **at ease** 自在
- **flat** 公寓的另一種說法
- **take sb.'s time** 慢慢來
- **break the bank** 花一大筆錢

 簡短對話

L ▶ I mean, if I can live my life in an apartment with two rooms and one shower, why bother having a villa?

里歐 ▶ 我是説，我住兩房一衛的公寓住得好好的，何必去煩惱買別墅的問題呢？

E ▶ Because living in an apartment isn't sexy. Don't you see? It's **narrow**. It's **crowded**. And most important of all, it's not **luxurious**.

艾瑞克 ▶ 因為住公寓不性感，難道你不懂這個道理嗎？公寓既狹窄又擁擠，最重要的是，一點也不豪華。

L ▶ I can be satisfied with a **condo**. Why not?

里歐 ▶ 我住公寓就滿足了，有什麼不好的？

E ▶ **Obviously**, you gotta **develop** a taste for finer things in life.

艾瑞克 ▶ 很明顯的，你該培養享受生活中更美好事物的品味。

彙補充包

字彙	詞性	音標	中譯
narrow	adj.	[ˋnæro]	狹窄的
crowded	adj.	[ˋkraʊdɪd]	擁擠的
luxurious	adj.	[lʌgˋʒʊrɪəs]	奢華的
condo	n.	[ˋkɑndo]	公寓
obviously	adv.	[ˋɑbvɪəslɪ]	顯然
develop	v.	[dɪˋvɛləp]	發展、培養

 型延伸

句型一 why bother 何必為…傷神

句型二 a taste for 對…的品味

拿出你的男子氣概

元概述

　　女人都想找有肩膀的男人，就算不是三高男，該堅持自己立場的時候還是要堅持，這就是有男子氣概。婆媳問題常是一個家庭不和睦的原因，而男人是否能在這時圓滑的解決問題，最能看出他是否是個有擔當的人。

33-1 『魯蛇』與『溫拿』大不同

魯蛇

My wife just doesn't **get along** well **with** my mom.

我的妻子和我母親總是處不好。

還能怎麼說

- She is not willing to look after my family.

  她不願意照料我的家人。

- I'm not sure if I should keep listening to her.

  我不確定是否該繼續聽她的話。

魯蛇如是說

最好不要違抗媽媽的話。

Winner

When it's time to **choose a side**, I will stand by my wife.

如果非得選邊站不可，我一定會護著太太。

還能怎麼說

- None of them is absolutely right or wrong.

  她們兩人沒有人是絕對的對或錯。

- I appreciate their presence, and I'm grateful.

  她們陪在我身邊，我覺得很感激。

溫拿如是說

要尊重媽媽，也要敬重妻子，不能虧待任何一方。

用句型

魯蛇初階篇

魯蛇進階篇

- **get along with** 與…相處
- **choose a side** 選邊站

 充慣用語

- **look after** 照料
- **be sure of sth./that** 對…確定
- **stand by** 袒護
- **sb's presence** 某人的同在

Roger ▶ R Joey ▶ J MP3 33

J ▶ My wife has **quarrels** with my mother every **single** day. I don't know what to do about it.

喬伊 ▶ 我太太每天都和我母親發生爭吵，真不知道該怎麼辦。

R ▶ Well, she is the one that married into your family. You **are supposed to** stand up for her. I mean, that's your **vow**, right?

羅傑 ▶ 她可是嫁進你家的人，你應該為她挺身而出。這是你們的結婚誓言，不是嗎？

J ▶ I never **talk back** to my mom.

喬伊 ▶ 可是我從來沒跟我媽頂嘴過。

R ▶ Don't take all her hard work for granted. I'm sure she **takes up** a lot to be with you.

羅傑 ▶ 別把你太太的付出當作理所當然，為了跟你在一起，她肯定做了很多犧牲。

字 彙補充包

字彙	詞性	音標	中譯
quarrel	*n.*	[ˋkwɔrəl]	爭吵、口角
single	*n.*	[ˋsɪŋg!]	每個、單身的
be supposed to			應該要…
vow	*n.*	[vaʊ]	誓言
talk back			頂嘴
take up			忍受、接受

句 型延伸

句型一 stand up for... 為…挺身而出

句型二 take...for granted 把…當成理所當然

外貌可以當飯吃嗎？

元概述

　　是長得帥但一事無成的男人好，還是有房有車的三高男，唯獨長相普通的男人好呢？答案呼之欲出；人帥真的不能當飯吃。既然如此，為什麼男星、歌手卻都又帥、身材又火辣呢？只能說人都喜歡美麗的事物，想成為溫拿，好好打理門面也是方法之一。

『魯蛇』與『溫拿』大不同

魯蛇

Dressing up modest is attractive in a certain way.

穿得中規中矩也別有魅力。

還能怎麼說

- Don't judge a book by its cover.

  別以貌取人。

- It's stupid to burn all the money on clothes.

  把錢都花在治裝費上是不智的。

魯蛇如是說

就算我的外貌不如人，但是我有穩定的工作。

Winner

I know I look like a million dollars.

我知道我看起來帥呆了。

還能怎麼說

- Be **dressed to kill**, and the chicks will come after you.

  穿得帥氣逼人，妞兒們就會自動貼上來。

- Gotta **rule out** the grandpa's outfit.

  別再穿得像阿公一樣老氣。

魯蛇如是說

可以沒飯吃，不能沒錢買牛仔褲和鞋子。

用句型

- **be dressed to kill** 打扮入時、引人目光

- **rule out** 排除；不考慮

 充慣用語

- **sb. look like a million dollars** 某人很帥氣或美麗

- **come after** 尾隨；跟上

- **judge a book by its cover** 以貌取人

- **have money to burn** 有閒錢可以花

 **簡短對話**

Justin ▶ J   Jimmy ▶ J **MP3 34**

J ▶ What's wrong with your hair? It's really messed up.

賈斯汀 ▶ 你的頭髮怎麼了？看起來一團糟。

J ▶ You know nothing about **fashion**.

吉米 ▶ 你一點也不懂時尚。

J ▶ Do you spend an hour in the morning showering and **styling** just for this bird-**nest** kind of thing?

賈斯汀 ▶ 你早上花一小時洗澡、弄頭髮，就是為了這團鳥窩嗎？

J ▶ I've got an **issue**, alright? If I don't **shape** it in the morning, it's gonna have zero **volume**.

吉米 ▶ 我對這點很堅持，好嗎？要是我不早上弄頭髮，那頭髮會塌掉。

J ▶ You do have an issue. Plus, this hairstyle ain't getting you anywhere.

賈斯汀 ▶ 你真的有毛病，而且我告訴你，就算你弄這種髮型，也不會有什麼特別待遇。

彙補充包

字彙	詞性	音標	中譯
fashion	*n.*	[`fæʃən]	時尚、流行
style	*v.*	[staɪl]	做造型
nest	*v.*	[nɛst]	巢
issue	*n.*	[`ɪʃʊ]	議題、問題
shape	*v.*	[ʃep]	塑形
volume	*v.*	[`valjəm]	體積、音量
volume	*v.*	[`valjəm]	體積、音量

 型延伸

句型一 mess up 搞砸；弄糟

句型二 getting sb. anything/ anywhere 帶給某人好處

Unit 35

用「薪」看世界

單元概述

　　薪水的高低雖不能決定一個人的價值，卻能左右一個人的生活水平。然而，要過怎麼樣的生活是由自己決定的，若是不能知足常樂，就算有再多的錢，也永遠不夠用。比起埋怨自己窮，不如用有限的收入作最大利益的投資比較實際。

35-1 『魯蛇』與『溫拿』大不同

魯蛇

My job is paying peanuts.

我的工作薪水微薄。

還能怎麼說

- No matter how hard I work, I still have to tighten the belt.

  不管我多努力工作,還是得勒緊褲帶過日子。

- I just wish to have easy money someday.

  真希望有天可以輕鬆賺大錢。

魯蛇如是說

真希望哪天中樂透,這樣就能過好日子了。

Winner

I **build up** my savings **step by step**.

我的存款是慢慢累積起來的。

還能怎麼說

- **Cutting down on** one-time expenditure is the key to gathering money.

  減少一次性支出是累積財富的關鍵。

- Your bare hands are the best tool in making greens.

  雙手是最佳的攢錢利器。

溫拿如是說

錢是可以積少成多的，端看你如何分配而已。

用句型

- **build up** 累積；聚集

- **cutting down on** 減少

 充慣用語

- **pay peanuts** 付很少的錢

- **tighten the belt** 拮据地過日子

- **easy money** 不必辛苦就能賺到的錢

- **step by step** 逐步地

35-2 簡短對話

J ▶ Why are you so interested in **financial** magazines?

傑夫 ▶ 為什麼你對金融雜誌那麼有興趣？

D ▶ Just paying attention to the world and its **situation**. You know the **Euro** is pretty low these days? I'm taking that **opportunity**.

戴夫 ▶ 我只是關心世界局勢，你知道最近歐元很便宜嗎？我要把握這個機會。

J ▶ I'll pass. I'm not **obsessed with** the investing stuff.

傑夫 ▶ 我就算了，我對投資之類的沒興趣。

D ▶ Yeah, you can keep your eye on the Levi's **classical** jeans which cost you $65.

戴夫 ▶ 對啦，你儘管去關注一件六十五美元的 Levi's 經典牛仔褲好了。

彙補充包

字彙	詞性	音標	中譯
financial	*n.*	[faɪˋnænʃəl]	財經的
situation	*n.*	[ˌsɪtʃʊˋeʃən]	狀況
Euro	*n.*	[ˋjʊro]	歐元
opportunity	*n.*	[ˌɑpɚˋtjunətɪ]	機會
be obsessed with			對…著迷
classical	*adj.*	[ˋklæsɪk!]	經典的

 型延伸

句型一 be interested in 對…有興趣

句型二 pay attention to 關心某人事物

225

Unit

36

酸民的攻擊

元概述

　　富二代就算玩股票輸了上千萬，也不一定會落到負債的地步；反觀尋常老百姓，連存款裡都不一定有七位數字，這種對比令人唏噓。先天上的差距不能縮短，就用後天的努力來彌補吧！看看富貴人家百無聊賴的日子，魯蛇們在生活裡苦中作樂也是另一種特權。

36-1 『魯蛇』與『溫拿』大不同

魯蛇

Each day I'm working like a dog.

每天我都累得跟狗一樣。

還能怎麼說

- Yet I only get monkeys.

  但卻只得到微薄的收入。

- I have to put my nose to the grindstone.

  我必須更努力工作才行。

魯蛇如是說

每天的生活都是一場仗。

Winner

溫拿

Even if I lose millions in stock market, my parents will **cover it** for me.

就算我在股市輸掉數百萬,我的父母也會幫我處理。

還能怎麼說

• I always get whatever I want **in no time**.

我要的東西總是能立刻到手。

• Money talks.

有錢的人才敢大聲。

溫拿如是說

每天都有好多時間要殺,真煩。

魯蛇初階篇

魯蛇進階篇

用句型

- **cover it** 掩護；掩飾

- **in no time** 立刻；馬上

充慣用語

- **Work like a dog** 辛苦工作

- **get monkeys** 得到不怎麼樣的回報

- **put one's nose to the grindstone** 專注並認真的工作

- **money talks** 有錢的人說話／做事才有份量

 簡短對話

James ▶ J Larry ▶ L MP3 36

L ▶ You are living on easy street, aren't you?

賴瑞 ▶ 你就是個有錢人的紈褲子弟，對吧？

J ▶ I find no **fault** in that.

詹姆斯 ▶ 這樣沒什麼不好。

L ▶ Unlike you, I have to **struggle** for life.

賴瑞 ▶ 我跟你不一樣，必須為生活打拼。

J ▶ When life gives you lemons, make lemonade. I'm sure you'll be **tough**.

詹姆斯 ▶ 你會越挫越勇的，我相信你。

L ▶ You must have no experience **fighting for daily** bread.

賴瑞 ▶ 想必你不必為生活煩惱吧！

J ▶ I'm glad I have a **cash cow**.

詹姆斯 ▶ 很高興我有金雞母可以靠。

彙補充包

字彙	詞性	音標	中譯
fault	*n.*	[fɔlt]	過錯
struggle	*n.*	[`strʌg!]	掙扎、努力
tough	*adj.*	[tʌf]	堅韌的
fight for	*n.*		為…奮鬥
daily	*adj.*	[`delɪ]	每天的
cash cow	.		金雞母

魯蛇初階篇

魯蛇進階篇

型延伸

句型一 living on easy street 出生在富貴人家

句型二 When life gives you lemons, make lemonade.
越挫越勇

Unit

37

親友的嘲諷，房貸的壓力

單元概述

　　好不容易付了頭期款，卻一直被房貸追著跑，這樣的生活的確相當有壓力。若是在這種情況下。還一直受到親友、左鄰右舍的閒言閒語，再溫吞的人都會不舒服吧！如何在過渡時期調適自己，而不會讓負面情緒波及他人，就考驗一個人的 EQ 了。

37-1 『魯蛇』與『溫拿』大不同

魯蛇

I am head over heels in debt right now.

現在我負債累累。

還能怎麼說

- I can't **get rid of** the bills.

  我無法擺脫帳單。

- The gossip among the family is **killing me**.

  親友間的閒話真讓我受不了。

魯蛇如是說

生活壓力這麼大，別怪我脾氣不好。

溫拿

Right now is a tough time, but don't give up.

現在時機雖艱困，但千萬別放棄。

還能怎麼說

- Try not to take other people's comments too seriously.

  不要把別人的評語看得太認真。

- Eventually they will see me getting through.

  最後他們一定會看到我平安渡過。

溫拿如是說

對自己正在做的事有把握，就不會受別人的影響。

用句型

- **get rid of** 擺脫

- **sth. is killing sb.** 某事使某人難受

 充慣用語

- **head over heels in debt** 負債累累

- **tough time** 時機不順

- **take...seriously** 認真看待某事

- **get through** 成功渡過

Mike ▶ **M**　**Jeff** ▶ **J**　MP3 37

J ▶ My relatives are so concerned about me buying that house. I really don't see the point, and it's so annoying.

傑夫 ▶ 親戚們都很關心我買房子的事，我真的不明白為什麼，而且他們很煩人。

M ▶ I know. Because it's not a new house yet it costs you a considerable amount of cash.

麥克 ▶ 我懂，因為那棟房子不是新的，卻賣得很貴。

J ▶ It's none of their business. How can you be so cool about it though?

傑夫 ▶ 這不關他們的事。你怎麼能對這種事處之泰然呢？

M ▶ Well, even though I don't have hard cash on hand, I have plenty in the bank. I have nothing to worry about.

麥克 ▶ 就算我手上沒有現金，銀行戶頭裡卻不缺錢，所以我一點也不擔心。

字彙補充包

字彙	詞性	音標	中譯
relative	*n.*	[`rɛlətɪv]	親戚
concern	*v.*	[kən`sɝn]	關心、憂慮
annoying	*adj.*	[ə`nɔɪɪŋ]	惱人的
considerable	*n.*	[kən`sɪdərəb!]	相當大的、可觀的
hard cash			現金
plenty	*adj.*	[`plɛntɪ]	足夠的

句型延伸

句型一 see the point 明白重點

句型二 none of your business 不關你的事

Unit

38

會成為下流老人？

單元概述

　　就算青壯時期有不少收入和存款，但隨著年紀增長，醫療費用、住宿費用等支出只會增加而不會減少。難道只能養兒防老，或是認命成為「下流老人」嗎？

　　年輕時除了要好好打拼，也要為老年時想想，趁早規劃才是。

38-1 『魯蛇』與『溫拿』大不同

Loser

魯蛇

I don't want to **slaver over** the unknown future.

我可不想為未知的未來勞力。

還能怎麼說

● I can't even **be settled** right now.

我連現在的生活都搞不定了。

● Why not live in the moment?

何不享受當下呢？

魯蛇如是說

能活到幾歲都不知道了，為老年存錢不會太不實際嗎？

Winner

One must have a vision for his senior life.

一個人要為他的老年生活做規劃。

還能怎麼說

- I plan on a better life when I get on in years.

  我計畫在上了年紀後過好日子。

- It's better not to be someone else's burden.

  最好不要變成別人的負擔。

溫拿如是說

現在不為老年規劃,以後就等著成為獨居、悲慘的老人。

用句型

- **slaver over** 為⋯拼命工作

- **be settled** 安定下來

 充慣用語

- **living in the moment** 活在當下

- **have a vision for** 對⋯有遠見

- **plan on** 計畫做某事

- **get on in years** 年紀增長

 簡短對話

M ▶ Do you **spare** any money to put in the bank?

麥克 ▶ 你會把一部份錢拿去存在銀行嗎？

J ▶ Not my **habit**.

傑夫 ▶ 我沒那種習慣。

M ▶ You should save for a rainy day. Life is **full of accidents**, don't you think?

麥克 ▶ 你該想遠一點。生活是有很多突發事件的，你不這麼認為嗎？

J ▶ As far as I am concerned, if I get to drink in the bar **as much as** I want, I'm good.

傑夫 ▶ 我只知道，只要我可以在酒吧裡喝到暢快，我就滿足了。

M ▶ Well, I hope you still have money to **see the doctor** when you get old.

麥克 ▶ 希望你老了以後還有錢看醫生。

彙補充包

字彙	詞性	音標	中譯
spare	v.	[spɛr]	省下
habit	n.	[ˋhæbɪt]	習慣
full of			充滿
accident	n.	[ˋæksədənt]	意外
as much as			跟⋯一樣多
see the doctor			看病

 型延伸

句型一 save for a rainy day 未雨綢繆

句型二 as far as one's concerned 就某人所知

Unit

39

自己當老闆

單元概述

　　經濟不景氣、物價上漲等問題,讓許多人過著工時長、薪水低、存不了什麼錢的窮困生活。在這樣的狀況下,越來越多人想自行創業當老闆。當老闆的不比每天按時打卡的員工,必須承擔的風險和壓力也相對大了許多,然而能克服一切的人,才叫做對自己負責的溫拿。

39-1 『魯蛇』與『溫拿』大不同

Loser

魯蛇

I have cold feet.

我已經想放棄了。

還能怎麼說

- I **have a bad feeling about this**.

  我有不祥的預感。

- I can't **make up my mind**.

  我無法下定決心。

魯蛇如是說

一想到不確定因素那麼多，我還是去上班拿 22k 好了。

I have my eyes on the prize.

我專注於成功。

還能怎麼說

- I'm locked and loaded.

  我已經有萬全準備。

- Let's get the ball rolling.

  別等了,開始上工吧。

溫拿如是說

再辛苦我都要成功。

用句型

- **sb. has a bad/good feeling about sth.** 某人對某事有不好／很好的預感
- **make up one's mind** 下定決心

 充慣用語

- **cold feet** 還沒開始就想放棄
- **have one's eyes on the prize** 定睛於獎勵之上
- **locked and loaded** 蓄勢待發；準備萬全
- **get the ball rolling** 開始行動

 簡短對話

J ▶ Are you sure about opening a **pastry** shop?

喬伊 ▶ 你確定要開蛋糕店嗎？

K ▶ Yeah. I'm full of piss and vinegar.

凱斯 ▶ 沒錯，我已準備好奮戰到底了。

J ▶ I guess I'm **psyching myself out**. I think a business is too **risky**.

喬伊 ▶ 我想我是自己嚇自己，但創業真的太冒險了。

K ▶ You're getting in your own way.

凱斯 ▶ 你太畫地自限了。

J ▶ I wish I could be as **determined** as you are.

喬伊 ▶ 真希望我能像你一樣有決心。

K ▶ Stop **pussyfooting around**. There won't be a fire if you don't **ignite** it.

凱斯 ▶ 別再猶豫不決了，沒有開始，就不可能成功。

字彙補充包

字彙	詞性	音標	中譯
pastry	*n.*	[`pestrɪ]	糕點
psyching oneself out	*n.*		自己嚇自己
risky	*adj.*	[`rɪskɪ]	冒險的
determined	*adj.*	[dɪ`tɝmɪnd]	決意的
pussyfoot around			猶豫不決
ignite	*v.*	[ɪg`naɪt]	點燃

句型延伸

句型一 full of piss and vinegar 準備奮鬥到底

句型二 get in one's own way 自己阻擋自己；畫地自限

永恆少女又是什麼？

單元概述

　　待在家裡、事業無成的男人會被貼上「尼特族」、「家裡蹲」的標籤，但換作是上了年紀卻沒有出嫁，事業也沒有特別突出的女性，卻會被稱作「永恆少女」。這樣的對比雖令人啼笑皆非，卻也顯示出女孩子較男人來說更能依賴家人的事實。

40-1 『魯蛇』與『溫拿』大不同

魯蛇

I'm afraid of going out and finding a job.

我害怕出外找工作。

還能怎麼說

- I have to take my time adapting to the society.

  我必須慢慢適應這個社會。

- The competition between people is intimidating.

  人與人之間的競爭把我嚇壞了。

魯蛇如是說

家人是最好的避風港。

Winner

You can't **depend on** the family for good.

你不能永遠依賴家人。

還能怎麼說

- Aren't you ashamed of living with your parents？

  跟父母住難道不覺得丟臉嗎？

- Stop slacking off.

  不要再擺爛了。

溫拿如是說

該長大的時候就要長大，不要一生當媽寶。

用句型

- **be afraid of** 害怕做…
- **depend on** 依靠

 充慣用語

- **adapt to** 適應
- **for good** 永遠
- **be ashamed of** 對…感到丟臉
- **slack off** 裝死；擺爛

 簡短對話

K ▶ You are twenty-five. Don't you think you should at least find a job?

凱蒂 ▶ 妳已經二十五歲了，不覺得至少該找個工作嗎？

M ▶ Oh, I have a job. I sell **used** clothes **online**.

瑪薩拉 ▶ 我有工作呀，我在網路上賣舊衣服。

K ▶ Girl, that doesn't count. You should stop being **childish**.

凱蒂 ▶ 女孩，那不算數。妳不該再像個孩子一樣。

M ▶ Well, I'm not really into **adulthood**.

瑪薩拉 ▶ 但是我不想進入成人世界。

K ▶ I'm saying this out of **friendship**; one day your parents are going to **be tired of** you.

凱蒂 ▶ 因為我是妳的朋友，我才這麼說，有天妳的父母也會對妳感到厭倦的。

字彙補充包

字彙	詞性	音標	中譯
used	*adj.*	[juzd]	舊的；二手的
online	*adj.*	[`ɑnˏlaɪn]	網路上的
childish	*adj.*	[`tʃaɪldɪʃ]	孩子氣的
adulthood	*n.*	[ə`dʌlthʊd]	成年
friendship	*n.*	[`frɛndʃɪp]	友誼
be tired of			對…感到厭倦

句型延伸

句型一 at least 至少

句型二 it doesn't count 不算數

魯蛇初階篇

魯蛇進階篇

Learn Smart 077

94 狂 魯蛇的偽英語課本（附 MP3）

作　　者	陳怡歆
發 行 人	周瑞德
執行總監	齊心瑀
行銷經理	楊景輝
企劃編輯	陳韋佑
封面構成	高鍾琪

內頁構成	菩薩蠻數位文化有限公司
印　　製	大亞彩色印刷製版股份有限公司
初　　版	2017 年 4 月
定　　價	新台幣 360 元
出　　版	倍斯特出版事業有限公司
電　　話	(02) 2351-2007
傳　　真	(02) 2351-0887
地　　址	100 台北市中正區福州街 1 號 10 樓之 2
E - m a i l	best.books.service@gmail.com
網　　址	www.bestbookstw.com

港澳地區總經銷	泛華發行代理有限公司
地　　址	香港新界將軍澳工業邨駿昌街 7 號 2 樓
電　　話	(852) 2798-2323
傳　　真	(852) 2796-5471

國家圖書館出版品預行編目資料

94 狂魯蛇的偽英語課本 ／ 陳怡歆
著. -- 初版. -- 臺北市 ：倍斯特,
2017.04 面 ； 公分. -- (Learn
smart ； 77)ISBN
978-986-94428-2-4(平裝附光碟片)
1.英語 2.讀本
　　805.18　　　　　　106002859